内蒙古自治区党史研究室党史资料丛书　张宇主编

那一代人

储建中／著

中央民族大学出版社
China Minzu University Press

图书在版编目(CIP)数据

那一代人/储建中著. -北京:中央民族大学出版社,2009.5

ISBN 978-7-81108-649-2

Ⅰ.那… Ⅱ.储… Ⅲ.纪实文学—作品集—中国—当代 Ⅳ.I25

中国版本图书馆 CIP 数据核字(2009)第 174087 号

那一代人

作　　者	储建中
责任编辑	云　峰　杨爱新
封面设计	布拉格
出 版 者	中央民族大学出版社
	北京市海淀区中关村南大街 27 号　邮编:100081
	电话:68472815(发行部)　传真:68932751(发行部)
	68932218(总编室)　　　68932447(办公室)
发 行 者	全国各地新华书店
印 刷 者	北京宏伟双华印刷有限公司
开　　本	710×1000(毫米)　1/16　印张:15.25
字　　数	215 千字
版　　次	2009 年 5 月第 1 版　2009 年 5 月第 1 次印刷
书　　号	ISBN 978-7-81108-649-2
定　　价	38.00 元

版权所有　翻印必究

序　言

张　宇

建中同志所著的《那一代人》即将出版问世了，这是一部人物专访，纪实性散文作品集，是作者20多年记者生涯的心血结晶，是一部耐人寻味的好书。

书中所写的人物，有许多属于党史人物，比如邓小平、乌兰夫、周惠、布赫等；也有一些是我国文化教育艺术界的名人，如胡絜青、齐良迟、张岱年、钟敬文、罗辽复等。还有一些是新中国成立后各个时期的全国著名劳动模范，如贾进才、宝日勒岱等。总之，这部书内容丰富，人物众多，形象鲜明，各具特色，真实客观地反映了各个时期的时代特点和那一代人的精神风貌。

我读了这部书稿之后，有以下几点感受。一是真实客观，形象鲜明。书中所写人物都是历史上出现过的真人真事，既没有虚构夸张，也没有拔高贬低，都是实实在在的所见所闻。书中人物有血有肉，真实可信。他们的个人命运起伏跌宕，与时代大潮大体相同，透过人物的命运转折，可以看到时代留下的各种烙印，比如贾进才、宝日勒岱等。他们曲折坎坷的人生，读来让人感叹不已，甚至催人泪下。通过书中所述，我们看到了一个个活生生的自然的人、社会的人，看到了时代大潮的涌动，也看到了政治风云的变幻，人在社会潮流中就像风口浪尖上漂浮的树叶一样，有时被轻而易举地抛起，有时又被重重地掷向深渊，人竟然是那样渺小和无奈。

二是主题突出，脉络清晰。书中人物无论是风云变幻，还是喜怒哀乐，都有着一个不变的信念，那就是对党的忠诚，对人民群众的爱戴，以及对事业的追求和对社会的奉献。比如曾志不惜卖掉她自己亲生的儿子，为党组织筹措活动经费；许晓轩在息烽集中营监狱里的树干上刻下"先忧后乐"的誓志之词；种树汉子屈来存没有什么弘誓大愿，他只是为了让乡亲们生活得好一些而坚持不懈地种树，改变生活环境，却磨坏了60多把锹头。诸如此类，把共产党人的那种信仰和精神体现得纯真完美，又真实感人。

三是视角独到，笔法流畅。建中在采访描写这些人物时，并非长篇大论地叙述每个人的人生经历，而是就某时某地、某人某事等进行叙述，以小见大反映人物的精神世界，有些细节的描写恰到好处，这就反映了作者的写作功底。建中同志几十年来从事文字理论工作，他勤奋好学，厚积薄发，具有较高的理论水平和文字表达能力，写东西如行云流水，自然天成，读来让人酣畅淋漓。

建中同志来党史办工作仅仅半年多时间，就推出了两部作品，一部是《西部开发学论纲》，理论性、学术性较强。最近又整理完成了一部人物专访作品集《那一代人》，实在是可喜可贺。

当然，世界上任何作品都不可能是完美无缺的，本书也如此。比如：有的人物专访显得单薄一些，有的还可以进一步提炼加工。艺无止境，希望建中同志能够继续努力，推出更多更好的研究成果。

为此，我愿意向读者推荐本书，也预祝建中同志和党史研究室的其他同志有更好的作品面世！

2008年12月1日

目 录

牧草青青
　　——记乌兰夫与牧区民主改革……………………（1）
钢水奔流
　　——记乌兰夫与包钢建设……………………（7）
教育为本
　　——记乌兰夫与内蒙古大学……………………（12）
艺苑华章
　　——记乌兰夫与内蒙古文化建设……………………（17）
振兴之要　惟在用才
　　——访内蒙古自治区政府主席布赫……………………（22）
沿着社会主义人才方向开拓前进
　　——那达慕大会前夕访布赫……………………（27）
红似枫叶　灿若明霞
　　——探访曾志……………………（33）
人生境界在升华
　　——追忆采访曾志……………………（38）
火焰织就的生命与爱
　　——孙毅将军育才二三事……………………（42）
民以食为天
　　——记周惠与内蒙古农村改革……………………（48）
留在草原的足音与微笑
　　——访胡昭衡……………………（54）

草原的女儿
　　——宝日勒岱……………………………………（59）
那山、那大寨、那远逝的人
　　——追忆采访贾进才……………………………（76）
风雨草原的足音
　　——献给20世纪西行的知识分子………………（81）
"双拥"模范王卫东
　　——一个军人的追求……………………………（120）
种树汉子屈来存
　　——一个农民的愿景……………………………（128）
他从真与善的花园走来
　　——记哲学家张岱年先生………………………（142）
穿越泥土的爱与牧歌
　　——访民俗学家钟敬文先生……………………（147）
重塑国魂
　　——著名雕塑艺术家程允贤印象…………………（152）
大匠的传人
　　——访齐白石四子、著名画家齐良迟……………（157）
笔底千花总是春
　　——访老舍夫人胡絜青……………………………（163）
一个经济学家的追索
　　——访中国人民大学教授卫兴华…………………（168）
在科尔沁草原的日子
　　——访博士生导师瞿林东教授……………………（173）
愿作春泥更护花
　　——访内蒙古政协副主席、内蒙古大学副校长许柏年
　　　……………………………………………………（177）
听冯苓植聊天……………………………………………（182）

歌王哈扎布的人与歌 …………………………………… (187)
苏联：从驯服工具到自主选择的大变革
　　——同苏联心理学博士
　　　罗沙洛夫·弗拉基米尔·米哈洛维奇的对话
　　　………………………………………………… (191)
世界没有养活我们的义务
　　——访新加坡国立大学林崇椰教授 …………… (195)
新加坡文化教育对人力资源开发的贡献
　　——访新加坡国立大学企业管理学院院长陈水华
　　………………………………………………………… (198)
牌坊村走出的世纪伟人
　　——邓小平故居散记 ……………………………… (202)
历史枝头那常青的一叶
　　——王若飞故居行 ………………………………… (206)
红与绿的交响诗
　　——革命圣地遵义纪行 …………………………… (211)
叩访延安 ……………………………………………… (217)
天险娄山关 …………………………………………… (224)
阳郎坝
　　——我永远不会忘记你 …………………………… (228)
后记 …………………………………………………… (232)

牧草青青

——记乌兰夫与牧区民主改革

从苏制嘎斯 67 吉普车上下来,乌兰夫展了展腰,深深地吸了一口马奶酒一样带着草香和花香的空气,紧走几步站在路边的一道土坎上,极目远眺悠悠白云下一望无际的大草原和弧线一样的山包以及深深的牧草间忽隐忽现的牛羊、蒙古包,舒心地笑了:"又是一个水丰草美的好年头!"

接着,他点燃一支"红双喜"卷烟,抽了两口对随行人员说:"锡盟的畜牧业看样子这几年成绩不小,关键是政策对了头。"

陪同的锡林郭勒盟委书记高万宝扎布接过话头道:"乌主席,这几年,'三不两利'的改革政策在牧区已经深入人心,畜牧业一年一发展。通过'苏鲁克'形式,过去的贫苦牧民生产积极性很高,发展了自己的牲畜,一些牧主不但没减少牲畜和收入,还不断扩大了畜群。现在的草原已开始出现了人畜两旺的局面。"

乌兰夫眸子里闪过一道亮光,兴奋地说:"这就好,这就好。政策一定要符合牧区实际,改革一定要'稳、宽、长'。这样,才能调动一切积极因素,团结一切可以团结的力量,使畜牧业经济有根本上的发展。"

说完,乌兰夫大步流星地上了车,对秘书说:"今晚我们就住到贝子庙(锡林浩特)去,和同志们好好聊一聊。"

这是1955年夏天，一个草长莺飞、彩蝶翩翩的日子。

坐在车上后，乌兰夫微闭双眼，思绪又回到了烽火连天的岁月……

1929年6月，出于国内和内蒙古地区革命斗争的需要，他在莫斯科提出了申请回国的报告，经第三国际东方部负责人兼中山大学校长米夫转交给中国共产党驻第三国际代表瞿秋白。6月中旬的一天，瞿秋白在莫斯科的共产国际办公大楼接见了他。很快，共产国际东方部书记处的同志就安排了回国的路线、日程及主要工作任务。

6月底，乌兰夫来到蒙古人民共和国首都乌兰巴托，拜会了第三国际驻蒙古人民共和国代表阿莫嘎耶夫，成立了中共西蒙工委三人小组，佛鼎任书记，他负责组织，奎璧负责交通联络。

从蒙古人民共和国回内蒙古时，他脱掉了西服、礼帽和皮鞋，换上了土布夹袄和牛鼻子鞋，一路夜行昼息，风餐露宿，在浩瀚的沙漠和草原上跋涉了30多天。这段日子里，他亲眼目睹了蒙古人民共和国革命后斗牧主、分牲畜，结果，许多牲畜被杀掉，草场被破坏，贫穷的牧民红火几天后依旧贫穷，过去的牧主也变得贫穷，畜牧业经济损失惨重。那么，革命的目的到底是什么？

不，内蒙古的革命在牧区绝不能这样搞。畜牧业经济本来就脆弱，一群牲畜，既是牧民的生产资料，也是生活资料，一场雪灾，大量的牲畜死亡，牧民靠什么生存？生产怎么发展？所以，内蒙古必须在牧区走自己的发展路子，不能盲目学习别国"成功"的革命经验。

吉普车翻过一道山梁时颠簸了几下，乌兰夫从沉思中回到了现实。秘书问："乌主席，打了个盹儿？"

乌兰夫摆了一下手说:"没,刚才我想起20年代末和30年代初去蒙古人民共和国的情景,他们的革命太左,对胜利果实分光吃尽,再加上天灾,怎能发展畜牧业?我们的牧区民主改革从自治区成立到现在,走过了七年,现在看,步子稳妥,政策对路,必须坚持相当长一段时间,才能真正完成牧区的社会主义改造,才能让人民有幸福安宁的生活。要不然,革命又有什么意义呢?"

是的,正是有了这样的借鉴和思想基础,内蒙古牧区工作的历史才在乌兰夫手中有了精彩之笔……

1947年2月3日,内蒙古自治区建区前夕,在热北地委扩大干部会上,乌兰夫作了《关于内蒙古自治运动中的几个问题的报告》,指出:党的民族政策是民族平等、民族自治。游牧区是取消高利贷和不平等交换、调整蒙汉关系;政治上实行普选,使王公官职分离,取消世袭制;广泛发动群众,团结上层、深入下层,进行民主改革。

此后,民主改革分成两步走:第一步,废除封建特权,主要是取消王公的奴隶制和对草原的占有制这类超经济剥削;第二步,实行"三不两利"政策,废除封建剥削。即"不分不斗、不划阶级"和"牧工牧主两利",以避免牧工、牧主两败俱伤,使畜牧业的再生产不断扩大。

1948年7月30日在内蒙古哈尔滨高干会议上,乌兰夫又提出:在牧区的政策是,废除封建特权,适当提高牧工工资,改善放牧制度;罪大恶极的蒙奸恶霸,经盟以上政府批准,可以没收其牲畜财产,一般大牧主,一律不分不斗;实行民主改革,有步骤地建立民主政权,发展牧区经济。

同年9月9日,在听取墨志清关于锡察盟畜牧改革情况汇报后,乌兰夫指出:牧区的改革必须从牧区的实际出发,不能生搬硬套农区土地改革的经验。

1949年3月5~12日,乌兰夫出席在河北平山县西柏坡召开的中共七届二中全会,作了大会发言,对内蒙古人口分布与行政区划和民族、宗教、土改、牧区建设等情况,以及统战政策、军队建设和党的工作等进行了阐述,引起与会同志的极大兴趣,其发言经整理成稿,由周恩来同志批发给与会同志。这期间,毛泽东主席又同乌兰夫同志谈了话,充分体现了党对民族地区工作的重视和支持。此后,一直到"文化大革命"开始前,中共中央和毛泽东、刘少奇、周恩来等党和国家领导人,对内蒙古牧区民主改革工作都始终给予了有力的支持。

由于这些政策的实施,1950年,全内蒙古各种牲畜纯增达到11.7%,其中,锡盟、察哈尔盟、昭乌达盟牲畜停止下降,略有上升,呼盟、兴安盟、哲里木盟比1949年增殖15%。

当晚,乌兰夫一行住在了锡林浩特盟委招待所,吃过饭,稍事休息后,便同锡盟的党政主要领导进行了座谈,乌兰夫对牧区的工作问得非常详细,每个旗的畜牧业概况、水资源情况、草场情况乃至牧主的情况和贫苦牧民的现状以及政策实施过程中出现的问题和解决办法等,都进行了深入的了解和调研,重要的问题和数据都示意秘书记录下来,盟委书记高万宝扎布和其他领导一一作了汇报,直至午夜,方才休息。

第二天,乌兰夫又到苏尼特草原的牧户家中,盘腿坐在蒙古包里的毡子上,同牧民一起聊生产,拉家常,亲热得就像一家人。当牧民连声夸赞党的民族政策好、生活上不愁吃和穿时,乌兰夫端着奶茶碗,高兴地笑出了声。待从蒙古包出来时,蒙古包前已聚集了黑压压一片马群和牧民,等着见乌兰夫一面。

当听说有的牧民是从几十里外骑马赶来时,乌兰夫被这些朴实善良、热情好客的牧民们感动了,一再说:"翻身不忘共产党,要好好生产,珍惜今天的幸福生活,为国家和自治区多养畜、多贡献!"

牧民们齐声地鼓起了掌。

吉普车开走了,牧民们也翻身上马,尾追着汽车,几十匹马疾速地鸣叫和奔驰着,一直到好远的地方,马群和骑手们才返回……

就要离开锡盟了,盟委书记高万宝扎布对乌兰夫说:"锡盟的各级干部和劳动牧民非常拥护党的民族政策,不久的将来,牲畜便会超过一千万头(只),超过蒙古人民共和国。"

乌兰夫也兴奋地说:"这次下来调研,时间虽短,只有七八天,但看到了草原上人畜两旺的局面,希望你继续抓好政策的实施,向一千万头(只)奋斗!"

50多年过去了,回首往事,内蒙古牧区的民主改革,的确是党的民族区域自治政策的一块丰碑和典范,是乌兰夫同志正确解决民族地区社会主义改造的一个创举。没有这一政策的制定和贯彻执行,可以说,就没有后来内蒙古畜牧业经济的迅速发展,没有政治上的安定团结和经济上的繁荣昌盛。为此,1988年12月乌兰夫同志逝世后不久,习仲勋同志在题为《乌兰夫同志永远活在全国各族人民心中》的纪念文章中说:"在社教运动中,由于阶级斗争扩大化思想的影响,有些人出来否定牧区民主改革时"不斗、不分、不划阶级"的政策，提出在牧区重新划定阶级成分，并在一些地方大张旗鼓地搞了起来。乌兰夫同志虽然受到很大压力，但仍不随风倒……直到1966年'文化大革命'开始，乌兰夫同志受到不公正的批判，自治区党委也没有发出在牧区重新划分阶级成分的文件。"

毋庸讳言，发现真理，乌兰夫同志做到了；坚持真理，乌兰夫同志也做到了。这就是历史！

钢水奔流

——记乌兰夫与包钢建设

1960年5月1日,正是国际劳动节的那天,位于包头昆都仑河畔的包钢一号平炉喷涌出了第一炉钢水。数万名包钢建设者望着千度炉火、百米炉台和绚丽的钢花,开心地笑了,五年多的顶酷暑、冒严寒、风餐露宿、艰苦奋战,终于凝结出了丰美的果实……

5月5日,乌兰夫轻车简行,带着秘书和随行人员与自治区有关部门的领导同志一起来到了包钢炼钢厂,为一号平炉出钢剪彩。走入炼钢厂厂区时,望着虎踞龙盘的炼钢炉和云蒸霞绕、汹汹喧阗的壮观气势,乌兰夫按捺不住喜悦的心情,一一向陪同的包钢党政领导询问生产设备的运转情况、炼钢时的炉温和工人的劳动保护,以及后勤保障等。末了,他对陪同的同志说:"这下子,我们结束了草原无钢的历史,包钢的建设者们没有辜负党和国家的希望啊!"

1955年5月,捷克斯洛伐克庆祝建国十周年,中国派出了以乌兰夫为团长的代表团参加庆祝活动。在各项参观完成以后,对方的接待部门问:"乌团长,还想参观什么?"乌兰夫说:"想看一个大型钢铁厂,生产规模在年产400万吨以上的。"很快,捷克方面就安排了这一活动。参观时,乌兰夫非常仔细地询问了解了钢厂的设备构成,铁与钢的生产比例、规模，轧钢过程和钢材的产量以及技术人员和工人的构成比例，后勤供应和生活附属设施的建设等。

回国后，从中央到地方，乌兰夫一有机会就讲："包钢建设要从长远出发，不要出点铁锭、钢坯就拉倒，还要能出各种型号的钢材。"因为，他深知内蒙古的工业基础薄弱，建一座钢厂，只有成龙配套，才能有规模效益，才能有力地支持边疆建设和全国各地的工业建设。

1958年4月26日，包钢焦炉工程开工典礼时，乌兰夫来到了喧闹的工地，为焦炉工段剪彩后，以一个老战士的英勇姿态，解开了衣服纽扣，挥着铁锹把混凝土装入小车，一锹两锹……很快为一号、二号贮煤塔浇灌了第一车混凝土。他以自己的汗水在教育包钢千千万万的建设者：要增强国力，改变一穷二白的面貌，必须从基础做起，以艰苦卓绝的劳动来换取社会主义的万丈高楼。

就在这一年，包钢进入大规模建设后，计划施工的主体石矿和辅助设施共有115个项目。面对浩繁的工程，紧迫的工期，设备订货和材料却不能按时到货，重重困难严重影响了包钢的建设。竖起半截的一号高炉停工待料，各种机器设备停止了运转，整个工地一片萧条……

正在这时，朱德同志从甘肃飞抵包头，乌兰夫于当晚就向下榻在包头宾馆的这位党中央副主席详细汇报了包钢建设中出现的问题。

第二天，看过工地后，乌兰夫对朱德同志进一步说明包钢建设中面临的困难。

乌兰夫说："能想的办法我们都想了。包钢不知给有关省市和企业发了多少催货的电报、信函，但不是杳无音信就是空手而归。"

朱老总接过话头道:"困难是客观存在,放给谁都要着急。而困难也不是你们一个地方,全国都有。我朱德说句话也不可能马上解决,回去后我可以如实向毛泽东主席反映你们的问题和要求。包钢是全国156个项目中的重点,是全党全国必保的项目。只要党中央出来说话,用不了多久,困难肯定会解决。"

朱德回到北京后,很快就包钢问题同周恩来总理交换了看法,并向毛主席作了汇报,使中央领导人都感到包钢建设所遇困难的严重性,如继续停工,工程就会落空。

1958年11月28日至12月10日,中央在武昌举行了"八届六中全会",乌兰夫就包钢出现的问题又作了专题发言,毛泽东当即表示,把包钢建设中的问题列入议事日程,一定要解决。此后,全国掀起了支援包钢的热潮,很快,包钢建设工地上就再现了当年那种人欢马叫、千帆竞发、龙腾虎跃的建设气势……

由于党中央的关怀,各省市的全力支援,地方政府和广大建设者的努力,包钢的建设飞速进行,到1959年国庆节前夕的9月26日,一号高炉终于流出了第一炉铁水,彻底结束了内蒙古草原寸铁不产的历史。

10月15日,庆祝包钢一号高炉投产大会举行时,乌兰夫热情邀请周恩来总理光临剪彩。正在兰州的周恩来十分高兴,乘专机直接飞到了包头。

当天下午,包头各界人民和包钢建设者及来自全国的代表数万人,聚集在一号高炉旁,进行了隆重的包钢一号高炉出铁剪彩典礼。乌兰夫激动地首先致词说:包钢一号高炉提前一年投产,是党和毛主席英明领导的结果,是党的社会主义建设总路线的胜利,是党的民族政策的胜利,是包钢和包头工业基地建设者们辛勤劳动的结果……

出铁的时间到了，人们不约而同地看着表，一个在内蒙古经济建设史上最能激动人心的时刻来临了。只见周恩来从一号高炉脚下，沿着露天铁梯一级一级向上攀登，人们的目光随着他的脚步移向了上面……终于，周恩来轻轻剪断了那条具有丰富象征意义的丝带。刹那间，铁水喷着火花，从高炉中倾泻而出，全场掌声雷动，鼓乐齐鸣。

现在，仅仅半年多的时间，包钢一号平炉又开始出钢，这怎能不让乌兰夫高兴呢！为了这炉钢，早在战争时期血雨腥风的岁月，乌兰夫就立志要改变草原的面貌，要有铁有钢，让草原人民过上幸福富足的生活。所以，新中国成立初期，当周恩来问及内蒙古有什么资源，可开发什么项目时，乌兰夫就欣喜地告诉总理：内蒙古资源丰富，尤其铁矿石、煤储量极其大，完全可以开发。由此，促成了包钢重点建设工程的上马。

剪彩的时间就要到了，乌兰夫掐灭了烟头，亲自为一号平炉出钢剪了彩，然后，又发表了热情洋溢的讲话："包钢一号平炉是一个设备先进、技术复杂的大型工程。这个工程在较短的时间内能够建成，进一步说明党的社会主义建设总路线的正确。"

同时，他勉励包钢人说："要大量培养建设人才，不断增加技术设备，满足生产建设发展需要，要特别注意培养壮大蒙古族与其他少数民族的工人阶级队伍，有计划地为发展与培养蒙古族与其他少数民族的技术职工和企业管理干部，壮大民族工人阶级是培养无产阶级思想意识、掌握现代生产技术、加强民族团结，提高各民族成为社会主义民族的最好办法之一。"

一席深情的讲话，把党和国家的希望与嘱托深深地印在了包钢人的心上……日月长辉，苍穹不老。几十年过去了，今天的包钢，经过40多年的建设和发展，已成为从采选、冶炼到轧钢和稀土生产、科研及建设等较为完整配套的工业体系，以一个钢铁巨人而闻名于世。

这一切，与乌兰夫的名字将永远一道载入史册……

教育为本

——记乌兰夫与内蒙古大学

1959年金秋10月的一天,塞外青城天空疏朗、云洁风清。当乌兰夫陪同全国人大副委员长、中央统战部长李维汉同志走进内蒙古大学校园时,立刻被这所新建大学的勃勃生机所吸引。在参观了主楼、实验室、图书馆等地方后,又来到了党委会议室就座,听取主管教学和科研的副校长于北辰同志的汇报。当于北辰汇报到内蒙古大学的招生,蒙古族及其他少数民族不得少于三分之一,汉族不得多于三分之二,并且,蒙古族学生毕业时必须蒙汉皆通时,李维汉突然插话道:"为什么要实行蒙汉皆通?"

乌兰夫接过话头道:"不蒙汉皆通,蒙古族学生毕业后只能回牧区工作。"

"噢,我明白了。你的思路是培养人才要从民族地区蒙汉杂居的实际出发,这一点,的确很重要啊。"李维汉若有所思地说。

于北辰继续汇报道:"这一战略决策正是我们的乌校长在建校时定下的。正因为这一条,我们非常重视蒙语系的汉语课教学质量。有位老先生教汉语时,油印讲义不清楚的地方,他全部描好后才发给学生,授课时非常耐心细致,所有的蒙古族学生特别感动……"

创办一所综合性大学,培养革命和建设人才,弘扬蒙古族和内蒙古其他少数民族的优秀文化，是乌兰夫一生的愿望。早在1947年内蒙古自治区在乌兰浩特成立时，他就同身边的许多领导同志议论过创办综合性大学的事，但因条件所限，未能如愿。1956年，随着自治区各项经济建设事业的发展，人才需求问题日益突出，于是，3月16日，乌兰夫把创办内蒙古大学的计划提到了自治区党委常委会上，并指定专人负责筹建。接着，又亲自向周恩来总理请示，并同高教部协商，取得了党中央、国务院的支持。

说干就干，乌兰夫在党务、政务、军务工作极其繁忙的情况下，又周密布置，精心组织了筹建工作，包括选址、经费落实、师资配备、建校方针等，都一一过问，指示筹建负责人哈丰阿、王逸伦一抓到底。

办大学，关键是师资，依靠当时内蒙古的力量是无法解决的。于是，乌兰夫又同高教部长杨秀峰协调，很快，高教部党组和杨秀峰部长将此事作为一项政治任务交给了综合大学司副司长于北辰来完成。经过研究，于北辰负责调配教师和业务干部，确定由北大全面支援内蒙古大学。在北大党委书记陆平的支持下，北大支援了内大5个系主任和一批骨干教师以及部分仪器设备和大量图书。再加上南开、人大、北京俄语学院等院校的支持，内大的师资在不长的时间就基本配齐。特别应当指出的是，由于内蒙古60%是草原，还有广袤的原始森林和大片农业区，所以，乌兰夫和于北辰等同志不谋而合地想到，应请一位生物学家来做内大的学术带头人。这样，在1957年7月下旬，由于北辰多次出面，请妥了中科院学部委员、生物地学部常委、全国人大代表、世界知名生物学家、北大一级教授李继侗先生到内大任第一副校长。1958年5月，李先生索性辞去了北大的职务，带着助手、研究生和全部图书资料搬到了内大。

1957年10月14日，经过一年多的艰苦努力，在呼和浩特南郊的一片菜地上，内蒙古大学终于拔地而起，并招收了第一批学生。经周总理任命，乌兰夫担任了内蒙古大学校长。这天，在内蒙古大学成立大会上，乌兰夫发表了热情洋溢的讲话，他指出："内蒙古大学的建立，是共产党民族政策的又一胜利，它标志着内蒙古文教事业的发展进入了一个新阶段。"接着，他就建校方针又说："内蒙古大学今后担负着两项任务，一方面要培养有社会主义觉悟的、有文化的、身体健康的劳动者，培养我们国家和内蒙古自治区建设所需要的人才，尤其是我们党急需的少数民族知识分子；另一方面要担负起繁荣和发展内蒙古民族文化、进行多学科的科学研究的任务。为此，内蒙古大学建校伊始，一要坚持依靠群众、勤俭办学的方针；二要努力工作、努力学习、加强团结。"

为了完成发展和繁荣蒙古族文化的任务，乌兰夫把在中国科学院工作的蒙古语言学家清格尔泰调回内蒙古大学主持蒙古语言文学专业的工作；20世纪60年代初，又与当时的华东局领导人联系，把国内知名的蒙古史学专家韩儒林教授从南京大学调到内大任副校长兼蒙古史教研室主任。

这些著名教授支边到内大之后，乌兰夫不仅关心他们的教学、科研，还特别关心他们的生活。李继侗先生到内蒙古大学后不久，就不幸因脑溢血偏瘫，乌兰夫得知后，亲自指示有关部门就李先生的医疗、生活做出妥善安排，并到医院病榻前慰问，征求李先生对内大建设的具体意见。

40多年的风雨春秋过去了，今天的内蒙古大学正步入中年，在人才培养上，可谓桃李满天下；在科学研究上，可谓硕果累累。蒙古语言所是驰名世界的蒙古语文研究中心，拥有清格尔泰、确精扎布、陈乃雄、宝祥等一批著名教授、学者；生物系先后有旭日干、李博（已故）教授当选为中国工程院院士和中国科学院院士。

这些成就的取得，与乌兰夫校长的努力和支持是分不开的。

1987年8月，内蒙古自治区成立40周年庆典时，乌兰夫率领中央代表团又回到了内蒙古。8月17日，他在百忙中抽出时间，来到了阔别20多年的内蒙古大学。全校师生奔走相告，欢呼雀跃。进入校园后，乌兰夫抚今追昔，神采飞扬，他高兴地同30年来为学校建设和发展辛勤工作的老同志一一握手，还同现任学校领导及在教学、科研、管理第一线工作的同志亲切交谈。当校党委书记云布龙同志把内蒙古大学红色的校徽别在乌兰夫胸前时，乌兰夫高兴地笑了，那样深情，那样酣畅……接着，云布龙又提出：内蒙古大学全校师生请乌老当内蒙古大学名誉校长，乌兰夫当即答应，全场同志报以热烈的掌声。

1988年3月14日，内大副校长包祥代表全校师生到北京专程给乌兰夫送聘书，乌兰夫接过写有蒙汉文的"兹聘请乌兰夫同志为内蒙古大学名誉校长"的花色缎面大聘书，十分高兴，神采飞扬地连声说："好，好！"

在听完包祥关于内大工作的汇报后，乌兰夫说："内蒙古大学无论在培养人才上，还是在教材建设上，都要立足自治区，面向经济发展，面向文化建设的需要。要办出民族特色、地方特色，否则，就立不住脚，产生不了影响。"

临别时，乌兰夫笑着对包祥说："向内大的同志们问好，希望大家努力工作，把内大办得更好。有机会，我还要回去看看。"

谁想，乌兰夫此次和内大人见面，竟成永诀。但其风范懿德却如碑石一样，永远镌刻在内蒙古人民的心中……

艺苑华章

——记乌兰夫与内蒙古文化建设

1987年春节前夕的一个上午，位于北京东城美术馆后街大佛寺的内蒙古宾馆张灯结彩，呈现出一片祥和热烈的节日气氛。二楼多功能厅里更是洋溢着一种浓浓的草原风情，欢声笑语随着音乐像高山流水一样倾泻而出。稍顷，大厅中央的草绿色地毯上，5位女明星捧着丈余长的银色哈达，托举起银碗奶酒，唱着蒙古族著名的《敬酒歌》，走向首席桌就座的乌兰夫同志。只见他微微一笑，接过奶酒一饮而尽，然后一一吻了她们的额头……

这是内蒙古自治区成立四十周年大庆前内蒙古歌舞团老中青三代文艺工作者在北京的一次聚会。那天，老艺术家周戈、老画家尹瘦石、著名舞蹈家贾作光、斯琴塔日哈、歌唱家宝音德力格尔等全部到场。他们抚今追昔，畅谈内蒙古文工团四十年的变迁和民族文艺的发展与繁荣，万千思绪又回到了那光荣的年代和风雪弥漫的草原。

1945年11月，内蒙古自治运动联合会在张家口成立后，作为内蒙古新文化的奠基人，乌兰夫出于革命斗争和政治形势的需要，责成从延安来的文艺家周戈同志组建内蒙古文工团，并要求创作演出一台好节目。转年4月，周戈就在乌兰夫直接指导下建立了内蒙古文工团，并排出了歌剧《血案》。乌兰夫在党务、政务、军务十分繁忙的情况下，挤出时间亲自抓内蒙古文工团的工作，并指出："内蒙古文工团要把培养民族干部放在重要位置，要成为老母鸡，要发挥老母鸡的作用。"

为此，他呕心沥血，亲自选拔培养人才。1946年7月，文工团刚成立三个多月，他就出面邀请当时任华北联大舞蹈系主任的我国著名舞蹈家吴晓邦到文工团帮助工作。吴晓邦来后，创作排练了《蒙古舞》，后被选为中国青年代表团参加世界青年联欢节的演出节目，到东欧等国演出。1947年春节，文工团有10对男女青年冒着枪林弹雨在巴林草原的林东镇举行集体婚礼。乌兰夫以主婚和证婚人的身份参加了他们俭朴的婚礼。这年春天，内蒙古自治区在乌兰浩特成立时，乌兰夫又一次写信邀请吴晓邦献艺。吴将贾作光推荐到内蒙古文工团。贾作光此后在内蒙古文工团工作20多年，先后创作了《牧马舞》、《马刀舞》、《鄂伦春舞》、《鄂尔多斯舞》等几十部舞蹈作品，乌兰夫非常关心贾作光的工作和生活，指示有关部门要按专家对待他。

由于这些措施的落实，内蒙古文工团很快就培养出一大批民族文艺人才。1948年，内蒙古文工团以美术组为骨干，创建了内蒙古画报社，同时抽调部分创作干部，加强了《内蒙古日报》文艺副刊编辑力量。1949年，各盟文工团成立时，又是内蒙古文工团帮助充实了领导力量和业务骨干。此后，自治区党委宣传部文艺处、政府文化局、内蒙古艺校、内蒙古电影制片厂、内蒙古民族剧团、内蒙古话剧团、内蒙古博物馆的建立，都从内蒙古文工团选调了不少干部，真正起到了"老母鸡"的作用。

乌兰夫一生酷爱民族艺术，因为她是一个民族灵魂和历史的活生生的写照。乌兰夫常说："内蒙古的文艺团体一定要搞民族的东西。"1957年,在他的指示下,自治区文化部门派出工作组赴锡盟苏尼特右旗等地调查研究,试办了乌兰牧骑。乌兰夫高兴得不止一次谈到:"乌兰牧骑就是从内蒙古的实际出发创造的一种先进的文艺组织形式","乌兰牧骑的建立是个创举","为内蒙古民族艺术的发展做出了很大贡献。"乌兰牧骑队伍短小精悍,队员一专多能,节目小型多样,民族特点、地方特点并重,受到牧区广大人民群众的欢迎。在苏尼特右旗乌兰牧骑成立后,乌兰夫主持了有关会议,内蒙古自治区人民委员会于1957年9月颁发了《乌兰牧骑工作条例》,对乌兰牧骑的性质、任务、人数、经费等都作了具体规定。此后,乌兰牧骑这朵艳丽的民族艺苑之花迅速开遍了辽阔的草原。对这支新生的文艺队伍,乌兰夫始终倾注了极大的心血和关爱,从20世纪60年代到80年代,曾先后12次讲话或题词给予鼓励和鞭策。

1965年,奉周总理指示,乌兰牧骑派出小分队到全国26个省市区巡回演出,不仅学到了全国各地先进的东西,也让全国人民领略了蒙古族文化艺术的风采。乌兰夫事后盛赞这次活动,指出:乌兰牧骑到全国各地巡回演出,好就好在与全国交流了文化,学习了先进的经验。

1987年,内蒙古乌兰牧骑建立三十周年时,针对"乌兰牧骑过时了"的论调,八十高龄的乌兰夫又一次说:"乌兰牧骑建立三十周年,应该庆祝。内蒙古40年来的建设成就,是有乌兰牧骑一份功劳的。乌兰牧骑是一支革命化的文艺轻骑队,为内蒙古民族艺术的发展做出了很大贡献,应该在内蒙古的历史上写上乌兰牧骑一页。"

除了对蒙古族文化艺术事业的支持外,乌兰夫还十分重视其他民族文化艺术事业在内蒙古的发展和繁荣。

1957年7月，内蒙古京剧团在乌兰夫的亲切关怀下正式筹建。1960年5月，乌兰夫到北京邀请中国戏剧学校毕业生来呼和浩特演出，由当时的文化部部长沈雁冰陪同，亲自到中国戏剧学校为内蒙古京剧团挑选了19名出类拔萃的学员。后来，他们都成了内蒙古京剧团的艺术骨干。

1960年7月，正值三年困难时期，乌兰夫对京剧团演职人员的生活非常关心，专门派自治区党委书记处书记王逸伦到京剧团看望他们，并给刚毕业来内蒙古的中国戏剧学校学生每人发了一件军大衣，每月每人增加7元钱的伙食补助费。

1962年6月，乌兰夫又指示，调著名京剧演员李万春、李庆春、李小春、李砚秀一家来内蒙古京剧团工作。此前，他们全在西藏京剧团工作，生活艰苦，难以适应高原气候，而且李万春由于是"右派"，处境十分困难，哪儿都不愿意接收。乌兰夫却顶着压力，不但将其一家调入京剧团，还两次接见李万春，并让他列席内蒙古政协会议。

1962年6月20日晚，李万春等演出京剧，乌兰夫和自治区其他党政主要领导冒着大雨前往观看。演出结束后，乌兰夫握着李万春的手说："热烈欢迎你们来内蒙古，欢迎李先生扎根内蒙古，为自治区的文化艺术事业繁荣发展贡献力量。"

短短一席话，足以体现作为党和国家领导人之一的乌兰夫尊重知识、爱护人才的博大胸襟和风范。

此外，20世纪60年代初期，乌兰夫还约请广西的《刘三姐》剧组、湖北的《洪湖赤卫队》剧组、中国歌剧舞剧院的《宝莲灯》剧组以及山西著名晋剧表演艺术家王爱爱、马玉楼等来内蒙古演出辅导。中国京剧界名人荀慧生、马连良、裘盛戎等来呼和浩特后，他都亲自会见，观看演出并合影留念，以促进内蒙古文化艺术事业的繁荣和蒙古民族与其他民族的亲密团结。

　　五十多年的风雨春秋过去了。回首往事，乌兰夫对内蒙古新文化艺术事业的关怀和指导有目共睹，难以一一历数。尤其突出的是他光辉的民族文化艺术思想和实践民族文化艺术事业的具体行动，直到今天仍在激励着全区各族人民为之奋斗……

振兴之要　惟在用才

——访内蒙古自治区人民政府主席布赫

内蒙古的人才问题，多年来始终受到区内外有识之士的重视和关注，其原因是曾发生过不少高中级人才"孔雀东南飞"的现象，但是最近两年，这里的人才工作出现了新的景观，基本趋势是进大于出。虽然如此，对于内蒙古的党政领导来说，怎样从根本上认识和解决人才问题，仍然是发展经济建设和各项事业的战略关键。为此，记者在1989年4月下旬内蒙古自治区七届二次人代会期间，专门走访了时任自治区人民政府主席的布赫同志，就有关的人才问题进行了广泛的交谈。

记者：布主席，您在自治区七届二次人大代表会议上所作的《政府工作报告》中指出："教育科技问题，实质上是个人才问题。得才者兴，失才者衰，振兴之要，惟在用才。"我理解，这表明了政府在抓好人才工作上是充满信心和力量的。因此，就这一主题，请您具体谈谈内蒙古人才工作的现状和发展方向。

布赫：实事求是地说，内蒙古人才情况从总的看，有这样几个特征，一是人才总量不足，二是分布层次不合理，三是专业比例失调，四是部分单位知识分子学非所用。具体讲，人才数量问题，如果以人口平均，内蒙古同全国相比处于中上水平，但是从自治区的经济建设需要来看，还是不足。特别是经济管理、科学技术部门，缺乏高级研究人才和管理人才。其次是在农村牧区中，缺乏实用技术方面的推广人才，使得不少科技成果一时难以转化为生产力。从分布层次来看，主要的人才集中于呼市、包头、赤峰等几个城市，其他盟市相对少一些。其次，大专院校、科研机关、党政部门人才多，生产、经营等经济部门相对少。从专业比例看，基础学科和专业人才多，而应用学科、实用技术方面的人才少。由于这几方面的原因，导致了部分单位知识分子学非所用、用非所长的问题。

记者：那么，解决这些问题从哪几方面入手呢？

布赫：第一调整教育结构。从自治区的高等教育来看，存在专业设置同自治区的经济建设缺乏有机结合的问题。简单地说，学校培养的人才社会不需要或者需求量处于饱和，而社会需要的人才一时又很难培养出来，这样造成紧缺人才不多，不需要的人才又相对过剩。从长远看，这个问题现在不解决，积压人才造成浪费，势必给国家带来很大的损失。因此，自治区政府近两年已经在考虑和实施教育结构的调整，督促高等院校调整专业设置，从经济和社会发展的需求出发，来培养人才。其次是要把普及教育、中等技术教育、职业教育同社会需求相结合，培养和训练更多的有一技之长的能够从事开发性生产的初级人才，以满足各行各业的需要。从农村、牧区来看，要培养和教育农民学技术、学文化，组织和建立教育设施，争取在近年内使每户农牧民都能产生一名从事技术性生产的技术员。第二是形成"尊重知识，尊重人才"的社会风气，同时加强人才的思想政治工作。

记者：您说得很对，能否就这一问题详细谈谈。

布赫："尊重知识，尊重人才"，关键的是形成一种社会风尚，同时给予必要的物质待遇。比如，边疆知识分子补贴，政府打算分城市、农村、牧区分别发放，鼓励人才向基层流动，但是政府财力有限，一下子解决不大可能。因此，物质待遇采取逐步克服解决的办法。同时我们提倡人才在困难的条件下为国分忧，为自治区分忧，多为人民作贡献，要通过新闻媒介等各种渠道，多表彰人才的先进事迹。今年自治区在财政困难的情况下适当增加教育经费，主要用于解决教学仪器和设备以及教师住宅，已确定政府新盖的统建楼将优先照顾教师，还要将部分招待所腾出来，以解决教师住房困难。另一方面，要加强人才的思想政治教育，从学校看，培养的人才越是有业务、有文化，越要有理想、有道德，为社会主义服务。这个问题上，我总结了一个观点，接受马克思主义，要靠自己的学习、工作，同群众的结合以及实践锻炼，因为思想是不遗传的。因此这个工作要长期搞下去，不然国家花那么多钱培养出的人才不能为人民所用，还去干别的事，怎么行？除了必要的物质鼓励，还要发挥政治优势，两方面结合做好人才工作。

记者：记得您在《政府工作报告》中谈到要"把培养人才、发现人才、使用人才和保护人才作为一件大事，作为考核各级干部的一项重要内容"。能否就这个问题再继续谈谈。

布赫：培养、发现、使用和保护人才，是一个地区经济社会发展最关键的问题。一个地区，这方面工作做得好，发展就快；同样，一个领导，能够用好人才，充分调动和发挥人才的积极性，工作就能搞上去。这里边，第一是认识问题，我们有些领导往往对人才重视不够，因此，各类人才放在不合适的岗位上，也发现不了人才，这说明领导的水平是很重要的。第二是制度方面的原因，比如铁饭碗、大锅饭习惯了，人才缺乏竞争的活力，而领导也缺乏活力，这就需要从制度上改进。很多人才往往也有缺点，而领导的责任在于发挥他的优势，抑制他的缺点，这样，才能起到保护、使用人才的作用。如果一个领导光看人才的缺点，势必压抑人才的积极性，一些人才发挥不了作用，这个部门的工作就要受影响。我多年的经验是，爱护人才，扶持人才，在政治上信任人才，他就能够心情舒畅地工作，并且创造性地完成任务，发挥他应有的作用；反之，再好的人才也会被浪费。因此，识才用才可看出领导者的领导艺术和水平，一个单位的领导如果敢用人才，用好人才，工作就搞得好，这比给人才长几块钱作用大得多。还有，目前在考核了解干部中，大家评论，这个不错，那个不错，但到底素质如何，常常吃不准。我一直主张对干部要定期考核，除思想政治方面外还应进行业务考试，经常提出目标，了解其工作、业务实绩。要使我们的专业人才有一种永远没有满足的要求，不要到一定程度就停滞不前，要经常不断地创造一种引导人才向上的动力。我曾会见过一位意大利老作家，83岁，每天坚持3个小时的写作，出的书和文章连他自己也搞不清了，可我们好多人才出一点成绩就干别的去了。一些领导干部也如此，工作上有点成绩就满足了，不知道要为人才创造一种环境，长期地鼓励、支持人才树大志、作贡献，不断登攀新的高峰。

记者：您谈得好极了。实践中，我们许多领导往往忽略了这一点。

布赫：所以，任何一个领导干部，都有义务创造一种环境，使人才心情舒畅，紧张愉快地工作。同时，在这种环境下，也最容易出更多的人才。而领导的任务也在于，要有这样一种本领，团结群众，调动和发挥每个人的积极性，形成人才群体的优势。现实生活中，常有这样的情况，比如人才流动，有时候人才不是嫌弃这个地区不好，而是某一单位的小气候不好，造成了"你在，我就走"的局面，如果领导能够正确处理解决矛盾，人才就不会流失。就这些意义上说，领导必须善于学习，不断提高自己的素质，只有你提高了，大家才能提高，而人才的积极性和创造性就能发挥。因此，我最担心、最怕的就是领导不学习。近几年，针对自治区人才流失的情况，我们用各种形式培训在职领导干部，并且经常检查督促，帮助他们提高领导艺术和水平，看起来，这方面的工作还须进一步加强。只有长期的锻炼和培养，才能使他们提高思想素质、政策水平，丰富领导经验，才能发展壮大人才队伍。

记者：耽误您这么长的时间，最后不知能否归纳一下您的意见。

布赫：讲了这么多，自治区总的要求是："要广开才路，在全区进一步形成一个人尽其才、才尽其用的局面。"这句话写进了《政府工作报告》。实现这个要求，一方面我们要坚持发扬民主，另一方面要严格管理，因为管理也是一种教育，在人才问题上，民主与管理是相辅相成的，而最重要的是不尚空谈，勤抓落实，这一点我们将会坚定不移地贯彻下去。

沿着社会主义人才方向开拓前进

——那达慕大会前夕访自治区主席布赫

　　1989年自治区七届二次人代会期间,在政府礼堂包头厅,记者就自治区有关的人才问题走访了布主席。两年后,围绕"八五"计划和自治区今后十年的主要奋斗目标和战略设想,以及1991年8月那达慕大会的召开,仍然是人才主题,记者再一次在布主席办公室进行了专访。这是1991年5月14日下午5时,正值自治区七届四次人代会和政协六届四次会议刚刚落下帷幕,初夏的青城杨柳新绿、细雨霏霏的时候……

　　落座之后,听记者说明了来意,布主席用手托着下颏,微眯双眼,略作沉思,便有条有理地告诉记者:"最近结束的自治区'两会',是两个鼓舞人心,振奋精神的盛会,开得很成功。自治区关于'八五'期间和今后十年经济社会的发展规划,以及总的方针和政策已定了下来,方向和任务十分明确。简单讲,就是到本世纪末,和国家的总目标、总要求相一致,翻两番多,达小康。下一步,最大的问题就是如何在实践中真正贯彻和落实我们的方针政策,特别注意坚持社会主义的人才方向,最大限度地组织人才力量,去调动和发挥各类人才的积极性和创造性,尽快实现我们的目标。"

　　说到这里,记者插话道:"今年8月,自治区召开的那达慕大会，是否意味着在推动'八五'计划的实施，并且是一次人才队伍检阅呢？"

布主席微微一笑说："是的。那达慕大会，从形式上看，我们的要求是'文体搭台，经贸唱戏'，其实，从内容上看，是要促进经济发展、科技进步、文化进步、人才进步，因此，意义十分重大。第一是为自治区和国内以及国际的商品交易提供市场，以促进科学技术成果的商品化及科技人才和信息的广泛交流，推动自治区工农业生产、科研、教育、文化体育事业的进一步繁荣发展；第二，那达慕大会是一次民族团结的盛会，通过这次大会，将更加增强蒙古族、汉族以及其他少数民族之间的凝聚力，使各民族的人才团结一致、万众一心、艰苦奋斗、励精图治，为自治区的物质文明建设和精神文明建设作出新的贡献；第三是为自治区各行各业、各级各类的人才提供发挥创造才能的机会。通过大会，进一步发现人才、培养人才、选拔人才、使用人才；并且总结经验、寻找差距、发扬长处、弥补不足，以促进培养和造就一支规模宏大的坚持社会主义方向的又红又专的人才队伍，使他们成为今后十年自治区社会主义建设的生力军。从这些意义考虑，我还为那达慕大会创作了歌词呢。"

受布主席的情绪感染，记者也不由地笑出了声。接着，布主席又说："当然，那达慕大会对自治区各项事业和人才队伍的发展是一个推动。今后，还有许多人才问题需要在实践中认真加以解决。"

记者问："您是否能详细谈谈呢？"布主席稍作思考继续说："我们先从管理人才谈起吧。我的感觉是，从自治区的实际情况看，目前比较缺乏优秀的、高级的管理人才。

另一方面，有些人才还用不到合适的岗位。所以，如何调动现有管理人才的力量，发挥他们的才干，是一个很重要的问题。我的观点是，管理人才的政治素质、业务素质要放在实践中去考察、培养、锻炼和提高，并要有意识地创造条件送他们到外地学习一段时间，以增长见识和才干。去年，我曾到山东学习和考察过，发现在外地学习一些先进管理经验，结合自己的实践，就有收获、有提高。回来后，我总结了当领导、搞管理应当具备四个意识，就是中心意识、改革意识、服务意识和人才意识。中心意识是指要想实现'八五'计划和今后十年自治区的奋斗目标和战略设想，必须以经济建设为中心；改革意识是指必须坚持改革开放的总方针，同时坚持四项基本原则，这两个意识合起来，就是我们党所要求的'一个中心，两个基本点'；服务意识是指领导者、管理者必须牢固树立领导就是服务的思想；人才意识就是必须认清振兴之要，惟有用才，坚持社会主义又红又专的人才标准，广开才路，大胆使用人才。从上述意义出发，自治区今年选派了100多名旗县级以上领导干部到山东对口学习锻炼，相信对于管理人才队伍的建设和提高，能够起到很好的作用。"

"那么，其他方面的人才问题呢？"记者插问道。

布主席接着说道："第二，我想就企业的厂长经理人才谈点意见：从今后自治区经济社会的发展来看，企业的腾飞很关键。但是，目前我区企业的管理水平不是很高。与山东相比较，我发现一个问题，企业的生产经营，实践是第一位的。山东许多企业的厂长经理，并不一定是大学生，但是很有头脑和才干，这主要来自实践的锻炼和培养。因此，对企业的厂长经理，我主张要压担子、压任务，充分给他们创造发挥才干的机会。在大胆培养使用的前提下，还要进行必要的检查督促，让他们少走弯路。还有一条，就是要进行必要的人才保护。企业是要在改革中发展的，由于方方面面的原因，不免有失误，因此对厂长经理要给予爱护和支持。近年来，政府对企业持有十分慎重的态度，特别是对厂长经理，上边支持他，他就放心。我们允许在改革中出现错误，但不允许他们不改革。事实上，经营企业也没有常胜将军，总的方面能够坚持社会主义方向为国家赚钱，提高劳动生产率，就是好厂长、好经理。所以，既要在实践中培养和锻炼厂长经理；也要在实践中检验、鉴别他们；更要在实践中爱护支持他们。其实，对于任何人才都应该这样，目的是促使他们走向成熟，多为社会主义创造物质财富和精神财富。"

布主席略作停顿，又接着说："下面，我们再谈第三个方面，关于少数民族人才问题。由于历史的原因，少数民族同汉族在文化、经济的发展上存在一定差别。新中国成立后，这种差别逐步在缩小，但还没有完全消除。因此，无论从近期目标还是长远目标看，在民族地区大力培养和选拔各类少数民族人才就尤为重要。一方面，我们要承认人才存在着竞争；另一方面，要注意在同等条件下，优先选拔和任用少数民族人才。只有这样，才能够体现党的民族政策，稳定和巩固民族地区各民族之间的关系，繁荣民族地区的经济文化，体现自治区对少数民族干部和人才的培养及关怀，增强民族大团结。这一点，无论在政治上还是经济上，都具有十分重要的意义。第四个方面的内容，我想谈一下在科研与经济生产的中介环节上，怎样发挥科技人才作用的问题。目前，自治区政府正在会同有关部门研究'八五'期间科研与生产如何更进一步紧密结合，或者说，如何使科学技术尽快转化为生产力。总的要求是：要继续贯彻'经济建设必须依靠科学技术，科学技术工作必须面向经济建设的方针'，把科技放在突出的战略位置，当作实现小康的巨大生产力。因此，要进一步发挥科研单位和高等院校的作用，并且政府要将经济工作、科研工作、人才工作协调好，在资金和人才力量的调配使用上，保证重点，顾及一般。对于科技人才来讲，必须继续深入基层和生产第一线，把经济建设作为主战场，把提供服务作为主要任务，并且在服务中求发展，在服务中不断发挥聪明才智，以及提高自己的政治素质和业务素质。"

"这一点，您在《政府工作报告》中也讲得非常明确。我想，随着改革实践的深入发展，必将进一步推动科技人才队伍的建设，同时，也将使科技同经济生产一起得到长足的进步。"记者插话道。

布主席接着又说："最后一个问题，我想就人才的教育和培养谈点意见。从目前自治区的情况看，高等学校的专业设置同社会经济的发展有不相适应的一面，这样，造成了培养与使用上的差距，这个差距要随着产业结构的调整而调整。但是，从宏观上看，不可能完全适应，只能是相对而言。因此，今后要把工作的重点放在培养更多的初中级和适用的人才上。这一点，我曾在《政府工作报告》中指出过。而另外一个更为重要的问题是，我们培养人才，必须始终不渝地坚持又红又专的人才方向，必须重视培养提高人才的思想素质、政治素质。换句话说，我们要的是能够为社会主义事业服务的人才，而不是培养专挖社会主义墙脚的歪才。人才培养不好，经济很难上去。一些第三世界国家在这方面有教训，自己培养的人才留不住，等于没培养。近些年，极少数干部和学生，不愿到基层和生产第一线。只讲索取，不讲奉献，总觉得社会主义给他的少，不想他为社会主义做出过什么，这种思想要不得！因此，人才的培养和使用要从基础抓起，要加强学习马克思主义基本理论，强化思想政治工作，坚持又红又专的社会主义人才方向。不坚持，我们的国家就会垮下去。这一点，对所有的人才同样都是适用的！"

采访就要结束了，记者请求布主席通过《人才科学研究》杂志向自治区的人才队伍提出几点希望。布主席满怀信心，热情爽朗地笑着说："第一，希望自治区'两会'的召开和今年8月那达慕大会的召开，能够推动内蒙古多出人才，出好人才。第二，凡是人才，都希望有奉献精神，特别是在国家当前有困难的情况下，更要勇于奉献，增强团结，不甘落后，振奋精神，艰苦奋斗，立志兴邦。第三，不要满足现状，不要满足于已经取得的成绩，沿着社会主义的人才方向，继续开拓奋进！"

红似枫叶　灿若明霞

——探访曾志

见到您，不知怎么地，我们突然一下子想起了陶铸同志的那句诗："心底无私天地宽"。那是一种有如读洁白无瑕的汉白玉诗碑的感觉，一种于茫茫人海之中对生活坐标的理解与领悟。她铭刻的是一位革命家广瀚博大的情怀和一个共产党人忠于党忠于人民的崇高品格。尤其在今天，沉甸甸地，格外醒目和珍贵……

见到您，我们想起的是整整一代人。从血与火的地平线上开始，您和您的战友们丢弃了那个小小的"自我"，肩负起民族和人民解放的历史重任，同帝国主义侵略者、封建军阀和国民党反动派在刀光剑影中展开了殊死搏斗，前仆后继，在所不惜，历经千般曲折，万般坎坷，终于托起一个彤红如火的新中国。

其实，您就是您自己。不独因为陶铸同志，也不独因为和您同时代的那些出生入死、公而忘私的战友们。

您是湖南宜章人，轰轰烈烈的大革命时期，仅只15岁的您便在湖南衡阳农民协会的楼上，面对鲜红的党旗和镰刀斧头，秘密宣誓加入了中国共产党！

此后，您便以忠诚的共产主义信仰和坚定的革命意志开始做党的工作，在长达半个多世纪的人生道路上，始终不渝地实践着自己入党的誓言……

第一位丈夫夏明震（曾任中共郴州特委书记，烈士夏明瀚之弟）于1928年惨死在反动分子的屠刀之下，您擦干了亲人身上的血迹，抬头望了望滔滔不绝的河水，将满腔仇恨化作新的革命动力，冒着腥风血雨继续烈士未竟的事业。

第二位丈夫蔡协民（曾任郴州七师党代表，井冈山会师后，历任红四军三十一团党代表、红四军政治部副主任）在同敌人进行艰苦卓绝的斗争时，却意外地蒙受了来自党内的不白之冤，后被叛徒告密，不幸被捕，英勇就义于福建漳州。但是，您没有畏惧，没有退缩，抛开了个人荣辱与生死，坚强地挺起了自己的胸膛，去拥抱革命事业的未来。

第三位丈夫陶铸（曾任中共中央常委、国务院副总理）在"十年浩劫"中，被林彪、"四人帮"之流打成"中国最大的保皇派"，于1969年11月30日含冤逝世在安徽合肥。其间，面对狂风恶浪和无端迫害，您不改初衷，毫不动摇地以一个共产党人的党性同陶铸同志一起捍卫党的尊严和民族的尊严，与林彪、"四人帮"进行了不屈不挠的斗争……

当然，作为一名共产党员和女人，您一生所受的委屈和作出的贡献又何止这些。

1928年，您的第一个儿子刚刚生下40天，为了服从革命斗争的需要，含泪忍痛您把他送给了人；1931年，另一个儿子出生两月后，您和丈夫蔡协民一起到厦门做地下革命工作，可是党的工作因经费匮乏无法很好开展，厦门中心市委听说您生了个儿子，遂研究决定以100块大洋卖掉。当市委书记王海平同志告诉您这一决定时，您思虑片刻，异常平静地说了一句："服从组织决定……"

骨肉亲情，人间至爱，哪个不珍惜，谁人不留恋？然而，您却舍弃了，图的是什么？不就是一个新中国和人民的幸福生活吗？

今天，您已是一位80多岁的老人，从中共中央组织部副部长的岗位上离休也已近10个年头。但是，即使追怀往事也从您身上看不到任何春花秋月、愁绪离索、老态龙钟的影子。相反，依旧是那么平凡无奇，那么质朴无华，那么精神抖擞，一双智慧的眸子时时透出一种慈祥宽厚和忠勇无私的精神。

采访您的那天，我们谈了很久很久，主题是当前的反腐败斗争和干部管理问题。从始到终，您如同一位循循善诱的老师，功高而不自傲，资深而不自居，以普通公民的口吻讲述了历史，讲述了自己的隐忧和观点……

您说：从目前的社会生活看，腐败现象的确相当严重，大案要案越来越多。在一些有权和钱的单位中，少数人钻社会主义市场经济刚刚起步的空子，贪污、受贿动辄上百万，甚至千万；还有像卖淫嫖娼、拐卖妇女儿童、偷盗谋杀乃至假冒伪劣产品等现象也很严重，这在过去是不可想象的。这说明，党的优良传统和作风以及为人民服务的宗旨正在受到严峻的挑战，党的各级部门和领导不能讳疾忌医，应予以高度重视，严格法律和制度，狠抓落实，给腐败之风以迎头痛击。否则，就只能养痈遗患。

您说：过去在战争年代里，人民群众为什么拥护共产党？就因为我们是全心全意为他们说话办事的。每到一个地方，接触的全是贫雇农，哪里为的是什么钱哟！解放战争时，我们到东北三年，干部仅一万多人，解放军也不过三万多人，穿得破破烂烂。而国民党军队穿的是美国军装，仿毛皮大衣，号称"猴子"部队。但是，不到三年，我们就解放了全东北。其中最重要的一条就是依靠工农阶级，发动贫雇农，组织他们去消灭土匪，建立政权，政治上当家做主。而国民党垮台，也就是因为他们烧杀抢掠，吃喝嫖赌，无恶不作，才最终导致了失败的下场。

您说：前些日子在电视里看到胜利油田附近的一些景象，感触非常深，因为看到了不应该看到的一种情况。一些村庄里都有自己的小炼油厂，有些人成群结伙地公开抢劫国家的石油，被人发现后不但不逃避，反而变本加厉，大打出手。这样下去，怎么得了？1987年您去的时候，还没有这种现象，为什么现在有了呢？这说明我们有的地区、部门和一些领导干部工作不力，存在不少问题。所以，怎样做好干部管理工作，在今天仍然是一个重要课题。

您说：反腐败斗争，最关键的莫过于领导干部队伍。要教育我们的干部，特别是年轻的领导干部，一定要保持和发扬党的优良传统与作风，既要解放思想，更要实事求是。深入基层、深入群众，加强调查研究，发现问题，要勇于承担责任，并果断处理。现在，不少领导忙于事务和应酬，拖拖拉拉，患得患失，这种作风要不得！

您说：加强干部管理工作，重要的一条是继续做好思想政治工作，但是，要正确理解和掌握思想政治工作的内容、方法及与其他工作的关系。思想政治工作和其他工作不是两张皮，而是一个人的左右臂。在操作上要两手都硬，紧密配合，不然，就会流于形式，引起逆反，造成各项工作的被动。这方面我们在战争年代就有很成功的经验。尽管时代、环境、条件不同了，但道理没有变。

您说：就一个领导者来说，无论是谁，不管在什么情况下，首先应当在思想上和行动上忠于党忠于人民，树立一种全心全意为人民服务的精神和品格。这样，我们的工作就能够很好地开展，人民就信任我们。

我们相信，您说的，就是您已经做到的。

事实上，一个人在一时一事上忠诚于党和人民诚然可贵，但更可贵的是一辈子忠诚于党和人民。

您属于后者。

这一点，您一生的革命实践是最好的回答。难道还不足以使所有的后来者思索吗？难道对今天的反腐败斗争不具有意义吗？

采访即将结束，话别时，望着您梳理整齐的一头花发和风采过人的笑容，我们的心底里顿时产生了一种深深的眷恋之情：曾老，红似枫叶，灿若明霞的曾老，愿您健康长寿！

人生境界在升华

——追忆采访曾志

我清楚地记得,那是1993年金秋10月的一天,由于中组部一位朋友的帮忙,我得到了曾志同志家里的电话。本来,我想请这位朋友带我去采访曾志,不曾想,他开口就说:"曾老那儿,用不着引荐,你可以直接联系,只要她在,肯定不会拒绝你。"

这样,我拨通了曾老家里的电话,接电话的正是她老人家。听我说明身份和采访的内容后,她立刻用带湘味儿的普通话说:"可以,你看明天下午3点怎么样?你坐地铁到万寿路站下车,出站后找万寿路甲15号,我住×楼×门×号。"

放下电话,我高兴得差点跳起来。此前,我已从报刊上和北京朋友们那里得知,曾志1926年大革命时就秘密加入中国共产党,当时只有15岁。此后,在血与火的日子里,她同战友们肩负起了民族和人民解放的历史重任。在井冈山、在福建、在湖北、在延安、在东北,同帝国主义侵略者、封建军阀和国民党反动派展开了殊死搏斗,踏着硝烟战火,迎着血雨腥风,历尽艰险和坎坷,托起一个彤红如火的新中国。这当中,最感人的是,1931年,曾志同志的二儿子出生两个月后,她到厦门做地下工作,可因经费匮乏,工作无法开展,于是,厦门中心市委决定以100

块大洋卖掉她这个儿子。当市委书记王海平同志告诉曾志这一决定时，她思考片刻，异常平静地说："服从组织决定。"

那个时候，曾志同志刚刚20岁。不说国民党反动派如何险恶，即使革命队伍中，自首变节、临阵脱逃、贪生怕死者大有人在。作为一名共产党员、一个母亲，这是怎样的一种付出，怎样的一种思想境界！

第二天中午吃过饭后，稍事休息，我便带着录音和照相设备如约来到曾老的家门前，3时整，我按响了门铃，开门的正是她老人家。

握手和自我介绍后，曾老领我进了客厅。房间不大，20平米左右，陈设很普通，但异常干净整洁。沙发上方，最显眼的地方挂着陶铸同志的一幅画像。落座后，我打量着坐在对面的曾老，一头银发梳理得纹丝不乱，眼神显露出宁静和慈祥；一件质地普通的浅灰色西服远离了华贵和富态，让人觉得十分平易近人，十分可亲。

采访前，我比较细致地说了想法，曾老接过话头，一字一句地讲了起来。其中有两点，直到今天，我仍记忆犹新。一是关于反腐败问题。她说："作为一名真正的共产党员，个人利益永远不能凌驾于党的利益和人民利益之上。战争年代，一场战斗下来，我们的战友成批成批倒了下去，他们如果为了自己，就不会牺牲于枪林弹雨之中。所以，作为党员干部，人性、社会性只有服从于党性，才不至于腐败。"

二是关于农村基层组织建设问题。作为我党组织战线的杰出领导者，曾老一针见血地指出："首先要把集体经济抓起来。集体经济发展了，农村的公益事业大有改观，像修路架桥，上电上水等都可以由集体的积累中支付。要不然，党在农村的威信就会下降。近两年，我到广东各地农村看了看，集体经济发展势头不错，比改革开放之初要好得多。今后应该加大力度继续搞好集体经济，这样，共产党的话才有人听。因为共产党是为人民服务的，你服务不好或不服务，大家就不会听你。"

采访就要结束时，正好曾老的秘书李冬梅同志进来，大家一起合影留念后，曾老指着茶几上的香蕉和苹果说："快吃点水果，这半天光说话，你们一起吃。"当我摇头表示身体欠佳不能吃水果时，曾老叮咛道："噢，那要多注意，这么年轻，要好好治疗。"

我说："谢谢曾老，还有一件事儿要麻烦您，想请您为我们刊物题一幅词。"

曾老爽快地说："好吧，题点什么呢？你稍微等会儿，马上就好。"说着，她站起来到书房用毛笔题下了"祝人才管理杂志日新月异，欣欣向荣——曾志九三年十月廿日"。拿给我看时，曾老又谦虚地说："我的字写得不好，你们能用就用，不能用也不要勉强。"末了，又说："还需要我做点什么？"

面对曾老的谦虚、质朴和关心，我被感动了。很难想象，她曾是中组部副部长、中顾委委员。她的穿着，她的言谈，我敢说，同北京街头任何一个老奶奶都不会有明显的区别。

采访归来，在写曾志同志的专访时，我的心情一直很激动。特别是翻看她"如烟往事难忘却"中关于"文革"遭遇的回忆时，我更明白了这位老人为什么会有宁静坦然、朴实无华的人生境界。

1967年1月4日之后，由于"四人帮"的迫害，她和陶铸同志丧失了自由，在中南海的住所成了一座牢房，受尽了凌辱和折磨。1968年8月，批斗陶铸时，曾志也被拉去陪斗，而她那时病痛交加，瘦得只有60多斤。可是，面对铺天盖地的大字报和震耳欲聋的口号声以及各种非人的折磨，她硬是咬着牙关挺了过来，对党的信念始终如一，和陶铸同志一样表现出了刚直的气节和磊落的襟怀。

1998年6月21日，我所崇敬的久经考验的忠诚的共产主义战士曾志老人逝世了，享年87岁。从《人民日报》看到这条消息时，我的心情压抑了很久，本想早些为老人再写一篇文章，但由于种种原因未能成文。今年6月21日是她两周年祭，我草成此文以缅怀曾志同志。我以为，曾志老人一生的声誉不独因她是陶铸夫人，事实上，陶铸同志和她一样是1926年的党员。作为共产党人，在生前，她多少次面对生与死的考验，想得都是党的事业和国家、民族的利益，生活的千锤百炼锻造了她忠勇无私的共产主义精神；也正是这种精神，使曾老的人生境界得到了升华，居功不自傲、居位不自骄，进入一种真正的纯真、朴实、淡泊、无华的境界。直到逝世前所立遗嘱，都要求丧事从简，不举行送别活动。她的一生赢得亿万人民群众的尊敬和爱戴不是没有道理的。

火焰织就的生命与爱

——孙毅将军育才二三事

  这是孙毅将军家的客厅。对面墙上，有一张照片，照片上左边的这位老人，便是 92 岁高龄的孙毅将军；右边，是他的夫人，原全国妇联书记处书记田秀娟同志。你看孙老，穿一身褪色的旧军装，戴一顶褪色的旧军帽，仿佛当年铁流二万五千里的征尘犹在；那张刚毅、沉静、铜雕一样的脸上，每一根线条里，藏着的都是无数出生入死的战斗故事：宁都暴动，平型关大战，晋察冀反扫荡……那双眼睛，始终透出一种执著、坚定、谦虚、求索的豪气英风，让接触者无不油然而生一种敬佩之情……

  孙毅将军 1904 年出生于河北省大城县，1955 年被授予中将军衔。自 1931 年参加宁都暴动踏上革命征途后，他在中央苏区反围剿、二万五千里长征、抗日战争、解放战争等历史时期，先后担任过红一军团参谋长、晋察冀军区参谋长、冀中军区司令员等许多领导职务，为党和人民立下了卓越功勋，曾得到毛泽东、朱德、叶剑英、彭德怀、刘伯承、罗荣桓、聂荣臻等老一辈无产阶级革命家的充分肯定，并且结下了深厚的情谊。特别是毛泽东同志曾亲笔书信向他致以问候，亲切地称他为"孙行者"……

  当然，这仅仅是孙老戎马生涯的一个侧面，在军内，他还是一位学识颇深的军事教育家和书法家。早在长征中就担任军团教育科长，抗日战争时又担任一一五师教导大队队长、晋察冀抗日军政干校校长、抗大二分校校长。全国解放后又担任石家庄高级步兵学校校长、军委院校部副部长等职务，正如迟浩田将军书赠条幅所言："华夏名将学府高师，桃李满园弟子万千。"

1985年，将军退居二线后，把全部精力和心血都无私地倾注在培养和教育青少年人才上，曾作报告450多次，直接听众达25万多人，因劳累过度，曾昏倒在演讲台上，其情其状感人肺腑……

1995年孟夏，记者采访了孙毅将军和夫人田秀娟，下面记录的是老人呕心沥血茂林修竹的几件事。

一

讲革命传统，育一代人才是孙毅将军1981年后自觉为党和人民工作所定的目标。为了这个目标，他甘作人梯，废寝忘食，不仅刻苦学习马列主义、毛泽东思想，还钻研了大量的文、史、哲类书籍，以知识来作为同青少年联系的桥梁和纽带。而更多的则是以自己的亲身经历教育青少年要树立坚定的理想和信念，为革命事业奋斗一生而在所不惜。他多次勉励青年人要相信我们的党、相信我们的国家和民族，亲自将"奋斗"、"艰难困苦、玉汝于成"等锦言写成200多张条幅送给了青年，以鼓励他们在各行各业的岗位上为人民而努力工作。

为了这一切，多少年来，他几乎没有节假日，甚至连接受记者采访的时间都没有，他的肩上压着30多所大、中、小学和幼儿园的辅导员、名誉教授的重担。为了讲好每一次课，他事前都要做充分的准备，他还总结出了一套经验:"给小朋友讲宪法、讲爱祖国、爱天安门、爱红旗、爱劳动,一般不超过 15 分钟,因为孩子小,时间长就累了,效果不好。"

给中小学生讲长征的故事,要注重形象生动,主题突出,间接讲道理,一般讲一个小时。

给大学生讲课,既要有理论,又要有实践。比如讲坚持四项基本原则,一定要理论联系实际,特别要注意用事实说到他们的心里去。

别看这短短的一两个小时的报告,孙老常常要花上十几个钟头甚至几十个钟头做准备。晚上,他戴上老花镜,翻阅着各种青年杂志和历史书籍,做着记录,实在累得慌,就双手抱肩,靠在椅子上休息片刻,肚子饿了,就用白开水冲几块饼干吃,有时要到凌晨两三点钟才上床休息。也有的时候,一天要作两场报告,末了,还要走访学习,等回到家,两条腿像灌了铅一样,饭不吃,鞋不脱,大衣往身上一盖就睡着了。凡是和他交谈或听过他报告的人,都有一个共同的感受:他那火一样的热情,富有哲理的话语,像一块巨大的磁石,产生着强烈的"磁场感化",使热情者发生共鸣,蒙尘者受到洗礼,空虚者得以充实,麻木者重被震醒,以至于他的报告,常被几十次雷鸣般的掌声所打断。正如余秋里所说的那样,他有水平,一讲话群众就欢迎和鼓掌。

二

除了为广大的青少年讲革命传统,讲马列信念,孙老还重点同 30 多位北京和外地青年建立了长期联系。这些青年中,有理发员、打字员、炊事员、保育员、小学教师和汽车司机等。从1970年开始，他就每月都坚持为他们购买书刊，然后自己亲自到邮局寄发，一个月就寄上百本，平均花掉180多元，至今已整整25年，这是多大的一个数字！这还不算，从1995年3月起，他又每月给"希望工程"以捐助，其真情实在难以言表。

毛泽东同志曾言：一个人做点好事并不难，难的是一辈子做好事。孙毅将军为青年人寄书刊，却是乐此不疲，坚持数十年。有一次，他到大连、沈阳、西安等地出差，掐指一算，又到了给青年寄期刊的日子了，于是，在别人利用闲暇时间去游乐场所观光的时候，他却转起了邮局、报刊亭，直到给他的学生买好寄出杂志，心里才觉踏实。

为青年如此慷慨解囊，而他自己却甘守清贫。进城40多年来，他在生活上一日三餐粥、花卷、面条、几碟家常小菜足矣。卧室里，台灯灯罩是1946年买的，用的脸盆是1953年的产品。一生没有进补过、吃过营养品，连虾、甲鱼一类东西都不吃。但他自己却非常乐观，总结长寿的法则时曾说："基本吃素，坚持走路，劳逸适度，精神宽舒。"而他最大的精神宽舒莫过于在为青年人做事之后得到的安慰。你也许想不到，这位正兵团级的将军为了青年有时竟然到了捉襟见肘的程度，月底出现"财政赤字"并不鲜见，面对空空的钱袋，老人不得不对警卫员说："咱们卖点旧报纸吧！"

可是，等到拿回卖报纸的钱，他又高兴得像个孩子，乐颠颠地去买书刊，继续干着他该干的工作，令警卫员哭笑不得。

儿女们有时也劝他："您革命一辈子，吃了那么多苦，现在也该享点福了，省吃俭用为别人我们不反对，可也不能太苦了自己呀！"

他却说："青年人工资不高，书价又这么贵，我能花点钱让年轻人进步，比守着金银财宝高兴多啦！"

将军的爱，如同润物无声的春雨，使一大批青年茁壮地成长起来，成为社会主义建设事业的新人才。

三

说起孙毅将军悉心育才的事，最典型的莫过于田玖玲。

还是1974年，田玖玲在西单第二理发馆当理发员，每天无休止的剃头、刮胡子、刮脸，使这位20岁的姑娘非常苦恼。一次，孙毅将军去理发，很快就看出了姑娘的情绪不大对头，于是，他下决心要帮助姑娘树立正确的人生观。理完发后，老人向她恭敬地倾了倾上身，诚挚地说了声："谢谢！"

两个月后，老人又到这里理发，并带了两本书送给田玖玲，还说："不要嫌工作不理想，要善于从工作中树立理想，寻找乐趣。"

之后，孙老又带了一包茉莉花茶到小田家里看望她的父母，当场达成了师生协议，由老人帮助田玖玲学习、工作。

后来，小田谈起孙老的培育之情时曾说："仅1977年5月至1981年7月，孙老就给我写了86封信。"

小田同孙老交往多年，却不知道他的经历和身份。说来也巧，有一回，小田到军事博物馆参观，目光无意中落在一封黄旧的信上，才发现一个熟悉的名字"孙毅同志"，再看落款，赫然写着"毛泽东"三个大字。这才明白，她的老师，原来是同毛泽东有交往的老将军。

由此，小田想了很多很多，这位德高望重的老人为什么要同理发员、售货员交朋友呢？这时，她才品味出了什么是老一辈无产阶级革命家的希望和重托。

她进步了，当上了北京市新长征突击手，西四综合服务商店的党支部书记。后来，她又成为北京市委宣传部的一名干部……

类似的事例还有很多。包头的王兰凤、广西的高考落榜生小柳、北京市啤酒厂工人牛长明等等，都曾得到过他真诚的帮助和热情的关怀……

采访就要结束的时候，记者曾问孙老："今天社会上的不正之风很多，而且有的地方触目惊心，许多人，包括一些领导干部都在拼命捞取政治资本和金钱，为什么您却甘愿做一名默默奉献的育花人？"

老人清了清嗓子，一字一顿地说："作为一个过来人，我老汉不希望看到社会主义江山毁于一些蛀虫。因此，我要尽自己的绵薄之力，为党、国家和人民再作贡献，活到一百岁，做到一百岁。今天，我们虽然以经济建设为中心，但光讲钱不行，还要讲无私奉献。焦裕禄、雷锋、孔繁森这些不同时代的楷模们，他们不看重金钱，但却是精神的富有者，所以，党政军民、所有的干部都应当向他们学习。这样，我们的事业才会发达，国家才有前途，民族才有希望。"

这，就是一个老将军的风采！

民以食为天

——记周惠与内蒙古农村改革

1978年7月2日，饱经风霜和政治劫难的周惠终于出山了，被中共中央任命为内蒙古自治区党委第二书记和内蒙古革委会副主任。

上任前，中央领导曾与他谈到内蒙古从粮食调出省区变成调入省区的情况。还说，你周惠是"老农业"了，要研究一下。为此，他和自治区党委第一书记尤太忠通了一个电话，讲明先到基层调查研究，后到自治区党委报到。之后，便打点好行装，从北京直接到了乌盟。

这一年，内蒙古又是一个大旱年。

此刻，周惠站在卓资山一条荒凉孤寂的山梁上，举目望去，虽是盛夏，绿色却很少，灾年已成定局。一路上，他亲眼看到的是农民那一张张菜色的脸，破衣烂衫和青筋暴突的双手以及瘦弱的身躯。良久，他长吁了一口气，仿佛要把胸中的积郁全部吐掉似的，扶了扶眼镜，又搓了搓那两只厚墩墩的手掌，掉过身来，一边走，一边浮想联翩……

内蒙古，幅员辽阔、物产丰富。拥有草场面积10亿亩以上，是国家重要的畜牧业基地之一；拥有河套平原等产粮区，耕地面积8000多万亩，是全国小麦、甜菜、马铃薯的重要产区；森林面积2.4亿亩，在全国居第二位。煤、铁、铕、钍等矿产资源也极其丰富，可为什么吃不饱饭？

从1957年到1977年，内蒙古全区农业总产值由11.18亿元增到17.97亿元（按1957年不变价格算），增长60.8%；而同期全区人口由936万人增加到1798.1万人，增长91.1%，人均农业产值由119.45元下降为99.98元，下降19.5%。

全区人均粮食产量，"一五"期间453.92公斤；"二五"期间363.08公斤；"三五"期间298.32公斤；"四五"期间281.62公斤；"五五"期间264.85公斤。

全区农牧民人均纯收入从1958年以后一直停滞不前，甚至下降。1978年，农民年人均纯收入130元，比1956年仅上升22.3%；牧民年人均收入236元，比1956年下降83.9%。

土地不肯长庄稼？农民不会种地？……他一边走一边摇头。他逢人便交谈，其中有干部、有农民，有不少人甚至还不知道他的身份。他当然清楚"文革"是一个重要原因，更使他记忆犹新的是"一大二公"那场事。从人民公社化以后，农民种地渐渐没有了自主权，一块土地种什么，怎么种都要由上级指令来决定。从毛泽东主席开始，到生产队长，都讲要因地制宜，但到最后也不知道谁搞因地制宜。要让农民多打粮、吃饱饭，就得让农民有自主权，才能发挥农民的积极性。否则，有天大本事的领导也管不饱农民的肚子。

使他感触至深的是不少干部习惯于盲目"紧跟"，说空话、大话、假话，在这种思想指导下工作，怎么能够解决农民吃饱肚子的问题？！

离开乌盟之后，周惠又到锡盟、包头市等地农牧区调查，一路所听到和看到的，结论只有一个字：穷！毛主席说穷则思变。现在怎么变？他又在沉思……

1978年10月10日，周惠接任内蒙古党委第一书记后的第一件事，就是与自治区党政领导研究解决农民的吃饭问题。种粮的人没饭吃，是中国社会主义建设中头一个要解决的问题。当时规定农区的农民自留地每人只有三分半，自留羊每户不准超过5只；农村的实际是：集体地小麦平均亩产多年停留在100来公斤，而自留地则在400公斤以上，这样的结果本身就说明了一切。可怎么办？怎么办？

每当有人同周惠同志谈到当时农村改革时，他总说是十一届三中全会的功劳。正是当年11－12月，中央工作会议、党的十一届三中全会先后在北京隆重召开。12月13日，邓小平同志在中央工作会议上讲话说："在经济政策上，我认为要允许一部分地区、一部分企业、一部分工人农民，由于辛勤努力成绩大而收入先多一些，生活先好起来……"

坐在台下的周惠，听到这儿时，精神立刻为之一振。包括小平同志反复强调的"实事求是"、"解放思想"，"勇于思考、勇于探索、勇于创新"，虽然都是"原则"、"方针"，但他都视为"上方宝剑"，觉得大的"底数"已有了，下一步的任务就是如何根据这一精神来落实了。会议还未结束，他的脑子里就开始不断地"过电影"——允许一部分地区……一部分农民，由于辛勤劳动……生活先好起来……

从北京开会回来后，周惠立即主持召开自治区党委常委会及其他有关会议，全面贯彻落实党的十一届三中全会的路线、方针、政策。特别在农村改革上，他旗帜鲜明、大胆推进。他自告奋勇担任自治区农委主任，一位副书记和一位革委会副主任担任副主任。区党委作了一个《决定》，除了出台扩大自留畜等一系列农业政策外，突出强调了各级干部群众要解放思想，实事求是，勇于创新。但正如周惠自己讲的，他也有顾虑，还不敢明确提"包产到户"。

确实，真理一旦与群众的实践相结合，就会激发出无穷的勇气、智慧和创造力。1979年春天，伊盟、巴盟、呼市等地的部分社队开始出现了不同形式的"包产到户"，得到广大农民群众和干部的拥护。伊盟原分管农业的副盟长马丕峰，是个有名的"老右倾"。为了解决农民的吃饭问题，他在20世纪60年代初期就曾提出过"包产到户"的主张，结果受到了批判。他由衷地拥护十一届三中全会精神和区党委的《决定》，他对别人讲："包产到户的政策好，农民有积极性。搞大集体实际是娃娃穿了双大人鞋，鞋磨了，娃娃也累坏了。""集体地和自留地就是不一样。不信，你把我领到地里，闭上眼睛光着脚走一回，集体的地是硬板的，自留地却是绵乎乎的，感觉就是不一样。"

1979年春曾出现过一个"倒春寒"，就是有人批农村改革是"资本主义复辟"。这样，有的地方把包到户的地又收回来了。而多数是转入了"地下"，对外叫包到组了，实际没变。周惠和区党委采取默认的态度，实际就是支持。到了秋天，凡是包产到户的队，农业都增产，农民都得到了实惠，尝到了甜头。如托县中滩公社，把耕地分成"口粮田"、"责任田"来管理，"口粮田"和自留地一样，分给农民自己耕种，收获归自己，"责任田"则承包到组耕种，承担公粮和任务粮。实际效果的确明明白白，由此人们就把"口粮田"比作亲生的,把"责任田"比作后娘养的。

1980年春天,周惠到西部调查研究的第一站就到了中滩公社。书记和管委会主任大概是了解周惠的"内心世界",不仅进一步明确提出了"大包干"的主张,而且从理论到实践讲得头头是道。周惠一边听一边下意识地点头,当有人提出疑问时,他马上笑着说:"还是先吃饱饭要紧。"这年夏天,中央开会讨论并发文明确提出了"三靠队"可以包产到户,周惠举双手拥护,可同时好像又在琢磨什么问题,他在院里散步时常常一会儿抬头朝远处望望,一会儿停下来低头静立。在随后传达讨论文件时他与大家说:"和全国各省区比起来,我们内蒙古差不多算'三靠区'吧。"话不多,但影响不一般。后来,他又多次对党委一班人和自治区政府领导班子成员讲:要把中央文件同内蒙古的实际结合起来,工作才能有创新。在他的这一指导思想影响下,《内蒙古日报》有关包产到户的报道、调查报告等日渐多了起来,形成了舆论氛围。

1981年春天,周惠到东部调查研究的第一站到了乌盟。乌盟"包产到户"的少,又遇大旱,已到5月中下旬,许多生产队人缺口粮、牲畜缺饲料、耕地缺种子。农民要求"包产到户"的呼声很高,但夏田已种下去了。怎么办?周惠听完汇报后和干部群众讨论了"包青苗"的问题。走了一路,周惠强调了一路实事求是,从实际出发,调动农民积极性的问题。到了秋收,真是"一包就灵"。交给国家的、留下集体的、剩下都是农民自己的,都得到了利益。不少干部感慨"神了",春天提出那么多困难农民自己克服了,感受到了政策的威力。这就是后来人们说的周惠搞的

"半路出家，也能成佛"。

1982年初，内蒙古"包产到户"已呈不可阻挡之势。周惠在感到欣慰的同时，保持了清醒的头脑。他在全区农村经营管理会上特别强调了"巩固"和"完善"的问题。实际上从此以后"包产到户"便席卷了内蒙古农村，并不断巩固发展，粮食也连年增产。

20年过去了，周惠回忆说，内蒙古农村改革所取得的成绩，是自治区党委把党的十一届三中全会路线、方针、政策和内蒙古的具体实际相结合的结果。

留在草原的足音与微笑

——访胡昭衡

岁月,就是那么颤颤巍巍、东摇西晃地,带着春天的百灵鸟叫、夏日的七月夜雨、秋天的长空雁阵和冬日的皑皑白雪向着远方飘然而去了……

也许,只有当追怀往事的时候,才仿佛明白,那是一部刀与枪、血与汗、苦与甜所浇铸的厚厚的大书。虽然,每一页上都挟着风雨、裹着泥沙,但更多的却是浪推着浪,波连着波,划出了一个人生命的轨迹,构成了一个时代宝贵的财富。读来令人感奋、促人深省、催人自觉地接受庄严与崇高的洗礼。

北京。木樨地22号楼。那一天,当记者敲开胡昭衡同志的家门,说明来自内蒙古时,没想到,这位78岁的老人声若洪钟,用一口抑扬顿挫的河南话充满激情地说:"离开草原、离开内蒙古已经30年,但过去的工作、生活情景依然历历在目!"

接着,老人放下了手中正在写作的稿件,略作沉吟,便以独特的极富感染力的语言开始侃侃而谈。

随着话题的深入,我们的眼前就像展开了一幅色彩斑斓、天高地广的油画,上边是风雪弥漫的茫茫草原,勒勒车、蒙古包的旁边是一代革命者所踩出的深深的足印……

昭衡老人原名李欣,曾用名胡蛮,1915年生于河南荥阳,年轻时就读于北京大学历史系,钻研过匈奴史。20世纪30年代初,从"九一八"事变东北沦亡后开始,日本帝国主义侵略者的屠刀和枪炮粉碎了书生们宁静的梦幻。从这时起,昭衡老人就已受到中国共产党的影响和教育。1935年,震惊中国的"一二九"学生运动爆发时,昭衡老人当时作为热血青年,以挽救民族危亡的热情和精神参与运动并编辑了《北大周刊》"一二一六"示威特刊,并且从北大图书馆走上了街头,奔走呼号,宣传抗日。次年参加"民先"组织活动,浓墨重彩地写出了一个青年知识分子的第一段人生华章。

那毕竟是一个国难当头、日蚀星坠、风雨如磐、阴霾晦暗的岁月。为了寻求真理和光明,1937年抗日战争爆发后,昭衡老人毅然决然地投笔从戎,赴八路军一二〇师三五八旅,并加入中国共产党,同千千万万个祖国的热血男儿一样,转战晋绥,奋勇杀敌。风餐露宿,历尽艰辛,在战争的熔炉里开始了淬火与锻造……

1945年,日本投降后,正值而立之年的昭衡同志北上内蒙古草原,来到王爷庙(乌兰浩特),参加中共东蒙自治委员会的工作,同蒙古族兄弟一起与国民党反动派进行了艰苦的斗争。乌兰夫同志从张家口过来以后,他又亲自参加了内蒙古自治区从筹备到成立时的工作,为蒙古民族在共产党领导下的统一、团结和发展,做出了不懈的努力和贡献。

1947年,东北解放战争开始后,昭衡老人已是一位深具文韬武略的战将,先后任内蒙古骑兵二师的副政委、政委,从始至终参加了辽沈战役。战争结束后,他又带领部队转战锡林郭勒大草原执行剿匪任务。马呜呜,风萧萧,擒敌酋，斩凶顽。可以想见，那是一种何等的风采！

　　战争终于过去了，当无数只洁白的鸽子飞临共和国上空的时候，昭衡老人又肩起了自治区经济建设和文化建设的部分领导重任。20世纪50年代初，他曾先后担任中共内蒙古分局宣传部副部长、内蒙古军区政治部第一副主任；第一个五年计划期间，又担任内蒙古自治区人民政府计划委员会副主任、主任；1956年任自治区党委常委；1958年任自治区党委宣传部长。其间，他亲自创办了《实践》杂志并兼任总编辑；1961年任自治区党委书记处候补书记兼宣传部长；1963年任自治区党委书记处书记兼宣传部长，同年9月调任天津市长。

　　"文革"开始后，老人由于众所周知的原因及其他诬蔑不实之词，以《老生常谈》一书为导火索，被批斗、改造，直至军事监护将近三年，1978年才恢复工作，调任国家卫生部副部长兼医药管理总局局长，直到离休。

　　简要介绍了这一段经历之后，昭衡老人指了指桌上的一尊大理石雕刻"牧羊女"，继续深情地说："这件作品是60年代内蒙古的雕塑家文浩同志送我的。每当看见她，我就想起了绿色的草原和欢腾的马儿。因为我在内蒙古工作、生活了18年，老伴林以行也经历过内蒙古革命斗争的考验和锻炼，先后任过《群众报》（《内蒙古日报》前身）编辑、内蒙古军区组织科长、内蒙古党委组织部组织处长、呼市市委组织部部长、市委书记处书记等职务。六个孩子有五个出生在内蒙。可以说内蒙古是我的第二故乡，感情非常深厚。"

　　的确，昭衡老人在内蒙时，正值壮年，精力充沛，无论在什么岗位做什么工作，可以说，是把一生最好的年华留给了内蒙古。这一点，草原人民是永远不会忘记的。

除了戎马生涯和领导生涯之外，昭衡老人还有作家生涯，记者采访时，他仍然是中国作家协会会员、北京市杂文学会会长。其实，早在1933年，他就加入"左联"并于20世纪30年代创作了一些小说、散文和杂文、诗歌。抗战期间，他写的小说《新与旧》曾获晋绥边区"七七七"文艺乙等奖。当时甲等奖空缺，乙等奖只有他和马烽，从中可以看出他的文学创作功力实在非同寻常！

从1939年开始，不管是战争环境还是和平环境，他都持之以恒、一天不落地写日记，记述自己的工作和生活，抒发自己的思想与情感。天长日久，积铢累寸，终成不可多得的宝贵史料！

1961年出版的诗集《大跃进交响乐》；1964年出版的杂文集《老生常谈》，1987年面世的杂文集《老声新弹》，都是由内蒙古人民出版社编辑出版。可见老人对内蒙古的感情是多么浓烈和真切！

当然，这并不仅仅意味着历史。作为一名曾长期在内蒙古工作和生活的老战士、老领导，昭衡老人直到今天仍对自治区的各项建设事业倾注着关心。他说："内蒙古地域辽阔，资源丰富，有工业、牧业和农业。改革开放之后，沿边贸易也有很大发展，这说明，自治区各族人民是有决心和信心建设好自己的家园的。我个人的体会是：在内蒙古的发展中，民族团结是第一位的。这个团结，包括蒙、汉和其他少数民族的团结，也包括蒙古族内部的团结。因此，在干部管理上，要正确掌握民族自治政策，既要注意共性，也要注意区情，充分做好各兄弟民族之间的干部团结工作。事实证明：没有民族团结，搞不好经济建设；经济建设上不去，民族团结没有根本的保证。所以说，只有把经济建设搞上去，民族团结才有保证。"

　　我们相信，昭衡老人所讲的，也是内蒙古各族人民已经实现的和正在实现的目标。

　　回眸的一瞬，你不觉得老人有一种质朴和浑厚的美吗？

草原的女儿

——宝日勒岱

多少次,当她走过北京长安街,走过呼和浩特新华大街,望着道路两边的依依杨柳、青青松柏和摇曳的鲜花以及滚滚而来的车流和人流时,脑海中却总也抹不掉故乡高原那黄色的云、黄色的风、黄色的流沙;

多少次,当她踏入富丽堂皇的大宾馆,踏入豪华气派的会议厅,做完各式各样的报告总结,处理过方方面面的工作,带着几丝倦意躺在宽敞舒适的席梦思床上时,心灵中升起的却依然是一片绿色的梦、绿色的希冀和绿色的追求……

那是一种早已刻骨铭心的情愫。

那是一种永远不会消逝的眷恋。

她叫宝日勒岱。

她来自鄂尔多斯的一个小地方——乌审召,毛乌素大沙漠的腹地。

那是一片漫漫无际、风起沙移、波叠浪涌的瀚海。朔气森森,羌管凄凄,冷月与寒星相映,狂风伴驼铃出征。

然而,她来了,在这块苦涩、贫瘠的土地上,她像种树一样,把自己青春的绿色播撒出去,造福于人民,造福于子孙……

在那个已经离去的、但并不久远的岁月里,她曾和那里的人民一起干出过一个"牧区大寨"乌审召，受到过周恩来、陈毅、乌兰夫等国家领导人的高度赞扬，并且令全国人民刮目相看！

她还曾连任过党的"九大"、"十大"、"十一大"的中央委员，并担任过自治区党委书记。

记者采访时，她的职务是：内蒙古自治区政协常委、民族委员会主任。

其实，她还是一位极其正直、善良、平凡质朴的蒙古族妇女……

一、陈老总表扬了乌审召和她

宝日勒岱的手中珍藏着一幅陈毅副总理题词的复制品。直到今天，一说起此事，她那黝黑的脸上就浮现出一个美丽的微笑……

那是1966年6月12日，就在"文革"——那场已经酝酿和开始的风暴来临之际，陈毅副总理陪同马里共和国代表团分乘三架直升机来到了伊克昭盟乌审旗乌审召公社，参观乌审召人民植树种草、治理沙漠、建设草原的辉煌业绩。

马里共和国是一个西非国家，北靠撒哈拉大沙漠，多少年来为沙漠和风暴所困扰，因此，当听说中国人治理毛乌素沙漠的成就之后，便兴致勃勃地赶来参观。

乌审召沸腾了！草原人民尽情敞开了自己的怀抱，载歌载舞，以隆重的鄂尔多斯民族礼节欢迎来自异国他乡的客人和来自北京的陈毅副总理一行。

宝日勒岱，作为劳模代表、布日都大队党支部书记和不脱产的乌审召公社党委副书记，非常幸福地同客人们握手、照相,并参加座谈会,向陈毅副总理和客人们当面汇报了自己的工作,受到了高度赞扬。接着,她又带领客人们参观了草木葱茏的牧场和人工种植的巨蟒长龙般的条条林带……

谁能想象,这里曾经是寸草不生的明沙!

陈老总,这位戎马一生的革命家,此时,深深地为乌审召人民的精神和意志所感动,欣然题下了一首诗:"治沙种草获胜利,牧业农业大向前,马里贵宾来参观,乌审召美名天下传。"

宝日勒岱激动了,她浮想联翩,一连几天夜不成寐……

1938年,她出生在乌审召一个贫苦牧民的家庭。

那个时候,当地人有几句民谣:"出门一片白沙梁,一家几只黑山羊,穿的是烂皮袄,住的是崩崩房。"崩崩房是一种用柳条编制的简陋窝棚,宝日勒岱兄弟姐妹6人都是在这种房子里摇摇晃晃长大。

5岁那年,她的父亲去世了。当然,她那时并不懂得生与死,悲痛与忧愁,但却知道自己吃不饱、穿不暖,知道自己在滥施淫威的风暴中应当怎样抱紧瑟瑟发抖的身子。迫于生计的母亲,强忍着泪水和哀恸用单薄的身子苦苦支撑着这个家庭。

但是,贫困的土地和租牧的牲畜终归是难以养活众多的儿女,不得已,宝日勒岱长到8岁时,母亲为了一家人能够餬口和活命,只好将她送给了别人。

多少年之后,当许多人不解地问宝日勒岱:为什么要当劳模,甚至重孕在身还要去干推沙打井等男人们干的活儿。她真诚坚定地说:就因为共产党解放了我,就因为家乡太穷太苦了!

是的,乌审召这个地方,到1958年人民公社成立时,共有1400平方公里的土地。但是,植被稀疏,生态环境恶劣,仅流动沙丘就占了54%,死水泡子、硬沙梁和碱滩占了10%,可利用草原只占1/3左右。而且,沙、旱、涝、雹、寄生虫、醉马草等6大灾害常常是轮番轰炸,给本已苍白荒芜的土地更添了几分凄凉,无异于雪上加霜。不治沙山,不劈恶水,不植树种草,又怎能改变一穷二白的面貌,发展畜牧业生产,建设好社会主义新牧区?

然而,走这条道路,除了有足够的勇气和精神,还必须要有文化和科学。

1952年,14岁的宝日勒岱上了互助组夜校。

这个年龄开始读书,是晚了一些,特别是在文化教育落后的地方,对一个拿惯牧羊鞭的女孩子来说,困难之大是可以想象的。但天道酬勤,她白天放牧,晚上学习,一字一句地啃课本。有时,放学后遇到月亮皎好,她和伙伴们还要爬在沙滩上不断地写呀画呀,直到把所学的东西熟记于心才算罢休。

果然,两年之后,她由从前的一个文盲居然当了互助组文化组长,能够于田间地头为乡亲们读报了。

1956年,她加入了社会主义青年团,并担任了乌兰图雅牧业高级社副主任,在草原建设中开始发挥骨干作用。

1958年,乌审召人向沙漠进军、大打醉马草的攻坚战开始了!

醉马草,有人称之为"神草"。过去,每年端午节,草原上不少人在封建迷信的束缚下,要为她系上红绳,叩头祈福,以保佑牲畜平安。谁知,这种草在迷信者们的庇佑下越长越多，而牲畜也因采食它而大量死亡。据统计，仅1957年乌审召被这种草毒死的牲畜就占总头数的11%，而死亡的马匹竟达40%。到1958年春夏时节，这种草几乎占据了乌审召全部的草场。

毒草不除，焉有香花。

20岁的宝日勒岱再也坐不住了。作为布日都大队团支部书记和大队副大队长，她一马当先，带领60名年轻人组成一支突击队，到公社最边远的草场去除害。

那是一个多么激动人心的岁月。她和伙伴们汗湿透衣衫，血流遍手掌，心里却依然在默诵着毛泽东的《愚公移山》。

风来了，她顶着风把最后的炒米送给了突击队的壮小伙子；雨来了，她挡着雨把最干燥的地方让给了瘦弱的姑娘，而自己却忍着饥饿，任凭滂沱大雨浇个够！

风停了，雨住了，她又千方百计寻找那些被晒干的醉马草，为大家点燃一堆又一堆篝火……

就这样，她和乌审召人一起凭着艰苦创业的革命精神在那一年共铲除了110多万亩牧场上的醉马草，将牲畜中毒死亡率控制在1%以下！

这一年的9月，宝日勒岱光荣地加入了中国共产党。

当然，这仅仅是开始。从1956年到1966年，宝日勒岱一直是大队、公社、旗、盟和自治区劳动模范，先后立功受奖30多次。1960年，她作为"全国三八红旗手"到北京天安门受到了毛主席的亲切接见。

1961年初，宝日勒岱担任了布日都大队党支部书记，担子重了，工作多了，但最根本的还是如何带领人民脱贫致富，让万顷流沙变成美丽的绿岛。

为此，她提出了向沙漠要草场的口号。

这句话，说来容易，做来却难得很！

大面积绿化要在流沙上栽沙蒿，种沙柳，不刮风时很好看，一当风暴卷来，它们眨眼之间就会东倒西歪，甚至杳无踪影。

但是，栽一次，就会成活一点；栽一次，就会积累一点经验。问题是要善于总结，寻找规律。

宝日勒岱，在经历了多次失败以后，开始吸取教训，学习科学，懂得了治沙要先从底部栽起灌木和草，然后分期分批逐步向上栽，她形象地称之为前挡后拉，先穿靴子，后穿裤子，最后戴帽子。

果然，这样一来，沙蒿、沙柳的成活率有了显著提高。慢慢地，白杨、榆树、沙枣、青草、野花，灼灼艳艳，葳蕤熠熠，一座座沙丘不再流动，变成了一个个绿色的音符。

几年工夫，宝日勒岱带领布日都大队的干部和群众绿化了7800亩寸草不生的明沙，并且把一个过去全旗最落后的大队改变成了全旗的先进典型。

1965年，自治区牧业检查团到乌审召公社学习参观，总结了牧区草原建设的优秀经验，乌兰夫同志为此专门题了词："学习乌审召人愚公移山、改造沙漠、建设草原、改天换地的革命精神。"

这，也许是对乌审召人和宝日勒岱最好的褒奖。

陈毅副总理乘坐的直升机从蓝天和白云间消失了，留给宝日勒岱的是一种思念，一种欢乐，而更多的是一种信心，一种动力。

但是，就在宝日勒岱扬起自己的风帆，在瀚海中奋力行驶的时候，那场惊心动魄的血雨腥风却到了……

二、周总理两次救了她的命

宝日勒岱做梦也没有想到，她一夜之间会成为"黑老帽"。

那是1966年12月，距离陈毅同志来乌审召的日子不过半年，她就被打成"黑典型"。

她百思不得其解：自己从少年起，就积极响应党的号召，投身于社会主义建设洪流，脏活、重活、累活干在前，而享受却从来没有过，更没有向上爬的野心。所有的一切，无非是从一个牧民女儿善良、朴素、美好的愿望出发，学好毛泽东思想，改变家乡贫穷、落后的面貌。如果说这是错误的，那么什么才是正确的呢？

她实在不敢也不愿往下去想了……

然而，现实是无情的，尽管你可以不再去想，但却不可能摆脱政治风浪的左右。

1967年3月1日，宝日勒岱的问题开始升级，先是被开除党籍，后又交群众劳动改造。

随着运动的深入，没有问题的可以发展为有问题，有小问题的可以变为大问题。这一切虽然看似荒唐，但在那个荒唐的岁月中却并不荒唐。

关于这段历史，笔者曾从宝日勒岱同志那儿看到过1980年乌审召公社党委党发7号文件的原件。由于岁月的浸润，信纸已开始发黄，但却是十分珍贵的一份关于宝日勒岱同志问题的平反结论：1967年3月份以来，宝日勒岱同志被少数别有用心的人捏造了"十大罪状"，计有"党内走资派"、"乌兰夫黑手"、"现行反革命分子"、"假积极分子"、"杀人犯"……白天强制劳动，晚上检查批斗，利用各种借口先后对宝日勒岱批斗 11 次，令其老实认罪。并用"不准回家，不准乱说，不准笑，不准唱歌，不准学习"等手段变相体罚；另外，监督劳动达 73 天，半个月未发口粮。

可见，宝日勒岱同志当时的罪行是够"万恶"的，改造的方式也够邪乎的。而最不可思议的是所谓"杀人犯"的罪名。

这份罪名的原因其实很简单。宝日勒岱虽是女同志，但在下地劳动中却从来不让须眉，有时简直到了不顾身家性命的地步。即使有孕在身，她也照样同青壮劳力一起干重活儿。结果有一次，孩子不幸流产，并且落下腰椎间盘二度突出的病根。就此，一个"杀人犯"的罪名便落在了她的头上。

改造期间，宝日勒岱又逢怀孕，这一次，那些满口"仁义道德"的造反派们却丝毫不怕"杀人犯"的罪名扣到自己头上，对宝日勒岱拼命往死里整。白天，他们赶着宝日勒岱到地里不停地干活儿；夜晚，又把她关到一间小黑屋子里，不让吃饭，不让睡觉，不让唱歌，也不让说笑。失去自由的宝日勒岱只好从透过窗缝的一点月光中长久地望着黑沉沉的星空发呆。

身陷囹圄，行动失去自由，并不等于她那颗坚强跳动的心也会被征服。

睡不着觉，她便琢磨下一步治沙的方案，想着育苗、种树；也想陈毅、乌兰夫等党和国家领导人的生死安危，更想咫尺天涯却难以相见的丈夫和孩子……

想着想着，肚子里的胎儿突然动了一下，她高兴得直想跳起来，可是，浑身上下竟无一点力气。这个时候，她才记起，整整一天粒米未进，饿得实在是疲惫不堪了。

恍惚间她好像突然听到有人叫着她的名字，抬头一看，只见从窗户的破洞伸进一只手，递进炒米和别的吃的。她终于悟到，这是布日都大队的乡亲们来看她了，顿时，两行热泪不由自主地从眼眶里溢了出来……

许多年之后，宝日勒岱回忆这一情景时，仍然激动地说："'文革'初期被改造时，倘若不是那些朴实、善良的牧民给自己以关心和帮助，也许早就化作孤魂野鬼。正是由于他们，我才看到了光明和希望，也知道了自己在人民群众中的位置，才咬紧牙关挺了过来。"

1967年底，动乱仍在升级，全国各地的劳动模范不少已被打翻在地，苦苦地受着折磨。就在这时，敬爱的周总理听说了这一情况，立即在有关会议上讲：全国劳动模范要保起来，不能打成反革命。

这样，宝日勒岱才慢慢得以"解放"，恢复了自由。在1967年底，那个在母腹中就遭受磨难的孩子也降生到了人间。

尽管事情过去了，宝日勒岱却总感到有些莫名其妙。只是后来当她进入更大的政治舞台时，才慢慢知道了自己被"解放"的真相：原来是周总理力挽狂澜，保护了一大批劳动模范。倘若当时不是周总理出面说话，也许宝日勒岱就没有后来的故事了。

她将这段历史归纳为周总理一救宝日勒岱的命。

1968年2月，乌审召公社革委会成立了，宝日勒岱虽被解放不久，但由于在人民群众中的威信，被选为革委会主任。这个时候的她，首先想到的是，怎样扭转乱哄哄的局面，坚持抓革命，促生产。谁知，刚刚上任几个月，扭曲的政治运动就又同她开起了残酷的玩笑。

　　1968年8月，清理阶级队伍开始了。

　　宝日勒岱因丈夫的哥哥曾当过"活佛"，便被一些人指控为混进革委会中的坏分子，又开始接受审查、讯问。到了年底，随着内蒙古挖"内人党"运动的进行，宝日勒岱又被打成了乌兰夫培养的"内人党"骨干分子，这一次，不仅是她，就连她丈夫的全家，也都被打成了"内人党"，而且抓一个关一个，那些整人者毫不客气，毫不手软！刑讯逼供手段之残忍，令人发指。为此，宝日勒岱丈夫的家庭付出了两条生命的代价。

　　1969年1月，一个寒冷的残冬，这对宝日勒岱来说，又是一个生死关头。然而就在这时，一天晚上，盟里来了几个人坐着一辆吉普车找宝日勒岱。

　　当有人把这一消息悄悄告诉宝日勒岱时，她委实有些踌躇。思考再三，最后义无反顾地说："我有什么问题，乌审召人民可以做结论，别的地方，我不去。"并且，做了最坏的打算，把家里不多的一点财产送到亲戚家藏了起来。

　　然而，这一次，实在大出宝日勒岱所料。来人对她非常客气恭敬，反复说明是组织决定，请她到北京出席党的代表大会。作为一个被整对象，尤其是被造反派开除了党籍的人，她怎么也不肯相信这是真的。经同志们耐心劝说，她才于第二天早上乘车到了东胜，稍事休息后，又坐车赶到了呼市，两天后乘飞机到了北京。

　　直到这时，她才相信，党中央、毛主席没有把她当坏人看，相反，给了她很高的荣誉和评价。

　　出席"九大"的第一天，宝日勒岱因姓氏笔画为第八画，和周恩来总理只隔一个座位。周总理看到她后，一边伸出温暖有力的大手同她相握，一边说："宝日勒岱，你是内蒙古的代表，我知道你。你们蒙古族人民受委屈了。蒙古民族在历史上是英雄的民族，所以请你来参加'九大'。蒙古族哪有那么多的'内人党'。"

宝日勒岱一听周总理的话，多少委屈，多少苦楚，全都化作眼泪涌了出来……

至此，她方才明白，自己能成为党的全国代表大会的代表，原来是周总理提名推荐的。宝日勒岱激动得泣不成声，心中纵有千言万语也难以表达，只是不断地默念着：一定以忠诚的信仰和无私忘我的劳动感谢党中央、周总理对草原儿女的关怀。

后来，宝日勒岱逢人就说，如果不是周总理第二次相救，她绝不会有新的生命。

开完党的代表大会，宝日勒岱回到了乌审召。令人啼笑皆非的是，那些造反派们这时才想起恢复宝日勒岱的党籍。但是，他们又怎能代表得了党呢？

1971年5月，内蒙古自治区党委恢复时，宝日勒岱在自治区第三次党代会上被选为党委常委、革委会副主任。但是不脱产，记工分，参加生产大队的分红。

1973年，党的"十大"前夕，在一次中央全会上周总理建议恢复邓小平等一大批被打倒的老干部的工作，其中包括乌兰夫。周总理问宝日勒岱："恢复乌兰夫的工作，对内蒙古有什么影响，你说说你的看法。"宝日勒岱接过话头说："对乌兰夫的'内人党'历史我不清楚，但是，解放了乌兰夫，就解放了'内人党'。"周总理当即表扬了宝日勒岱："好，你说了自己的心里话。"就在那次会议上，乌兰夫同志正式恢复了工作。

1974年,周总理指示:建议宝日勒岱同志到自治区党委参加领导工作。

当时,宝日勒岱每年还有300天的劳动日,而且正是治沙紧张的时候,所以并不情愿到呼市去工作。去接她的同志是在地里找到她的,宝日勒岱正拿着铁锹栽树,听说此事后,竟带着铁锹上了车。接她的同志发话了:"你拿铁锹干啥呀?"

宝日勒岱有些不好意思地说:"劳动啊!"

是的,宝日勒岱就是那么朴实,那么平凡,尽管她曾身居要职,但本色却依然是一个牧民的女儿。在沙漠、草原是如此,在城里、在机关也是如此。

来到首府后,她主要负责接待上访人员的工作。在整整40天的时间里,她夜以继日,废寝忘食,人瘦了一圈儿,眼睛熬得又红又肿,为自治区平反"内人党"冤假错案,做出了突出的贡献。

1975年2月9日,党中央任命宝日勒岱为自治区党委书记。但她却是一个在城市和机关里待不住的书记,一有时间,就往基层跑,调查研究,参加劳动,几年工夫,便跑遍了自治区所有的农牧区,光吉普车就换过三辆!

1977年1月,随着"四人帮"的倒台,中国的政治形势发生了很大变化。因此,当时的自治区党委第一书记尤太忠同志命令她10天之内把家从乌审召搬到呼市。老实说,宝日勒岱是有几分不情愿,因为她舍不得离开生她养她的那片草原,那片土地,更舍不得离开那里的人民。而且在内心深处,她似乎总觉得草原和沙漠更适合自己。但是面对组织决定,她还是服从了。就这样,曾在基层工作了20多年的宝日勒岱,一位长期不脱产的领导干部,这一回，才算是真正脱产，在城里安了家。

三、50岁她大学毕了业

　　1976年，随着"四人帮"的倒台，"文化大革命"的十年动乱也行将结束，中国人民终于在冻土上看到了复苏的希望，看到了即将来临的万木花枝俏的春天。1977年7月，党的十届三中全会永远开除了王洪文、张春桥、江青、姚文元的党籍，同时恢复了邓小平同志在党政军的各项领导职务。这使作为中央委员的宝日勒岱受到了很大鼓舞。因为她深知：不抓生产，国民经济上不去，人民就不会有幸福安宁的日子。而邓小平同志的复出，将对扭转历史局势，建设社会主义四个现代化，起到非常重要的作用。果然，1978年3月，在北京召开的全国科学大会上，邓小平同志强调了"科学技术是生产力"的马克思主义观点，并且指出，为社会主义服务的脑力劳动者是劳动人民的一部分。由此，党扭转了多年来对知识分子的"左"的政策，使知识和知识分子重新受到了重视。紧接着，1978年12月，党的十一届三中全会胜利召开，结束了粉碎"四人帮"后的两年徘徊，会上认真讨论了全党工作重点转移问题，认为只有在解放思想、破除"左"倾僵化思想的基础上，才能真正实现把全党工作重点转移到现代化建设上来这一伟大的历史任务。因此，这次会议，是新中国成立以来党的历史上具有深远意义的伟大转折。

　　面对党和国家出现的这一系列新变化、新任务及新要求，宝日勒岱心中是非常冷静和清楚的，并且不时地反思着自己的人生道路：

　　"文革"前，她凭着热爱党、热爱人民和社会主义事业的精神以及艰苦创业的实干原则，由一个普通的牧民女儿成长为一名优秀的共产党员、劳动模范和党的基层干部；"文革"前期是一个受极"左"路线迫害的受害者；"文革"中后期虽然由一个"受害者"成为一名副省级领导干部，但绝不是靠打砸抢和玩弄政治野心进入领导班子的。并且，在她的身份和地位发生变化之后，一没有参与帮派活动和整人害人；二没有向林彪、"四人帮"效过什么忠，有过什么联系；三没有在领导活动中徇私舞弊、腐化堕落。因此，她始终保持的是一个清清白白的"劳模"形象，没有犯过政治错误。

当然，她并不认为自己是完美的。尤其是文化程度较低，难以适应党对一名高级领导干部的要求，这几乎成了她的一块"心病"。特别是党的十一届三中全会召开之后，她深知以自己的文化水平来领导自治区社会主义现代化经济建设存在不少困难。因此，当务之急是要重新学习，掌握科学文化知识，以更好地为党工作。

在这样一种动力支配下，宝日勒岱于1978年底，正式向自治区党委提出申请，到中央党校学习，结果很快便得到了批准。

1979年春天，一个融冰化雪的日子。宝日勒岱愉快地打点好行装，告别了家人，到中央党校开始了为期一年的学习。

读书，一向是一种艰苦繁重的劳动。对于宝日勒岱来说，除了要克服文化底子薄的困难，还要克服语言、生活习惯等困难。好在她是一个有坚强毅力和踏实苦干精神的女同志，并且求知欲望异常强烈。在中央党校的一年里，她孜孜不倦，以铁杵磨针、水滴石穿的精神学习了各门课程，取得了较好的成绩，使自己的理论水平、文化水平都有了新的提高。

1979年12月，宝日勒岱从中央党校学习归来，正好赶上自治区要重建阿拉善盟。于是，她当即向自治区党委提出要到基层工作的申请。

这是因为，宝日勒岱长期在基层工作，熟悉群众，了解群众，并有丰富的基层组织指挥经验。特别对于治沙造林，不仅有着强烈浓厚的兴趣，更有着多年来积累的一套治沙措施和办法。而将这些经验用于对沙漠的改造和绿化，既能够带动广大农牧民脱贫致富，改善生态环境，也能够发挥自己的长处，造福于子孙后代，何乐而不为呢？至于自己的那个"官"，从来就看得很淡很轻……

申请提出之后，自治区的不少老领导，包括王铎、廷懋等同志都善意地劝阻她："不要下去了，过去在基层干了那么多年，现在年龄也大了，又是女同志，组织上可以给予照顾。"而宝日勒岱却坚持说："工作和生活在基层群众中间，我的心里踏实。因为我喜欢做点具体、实际的工作，也喜欢和农牧民、基层干部打交道。"

就这样，1980年2月，宝日勒岱到阿拉善盟担任了盟委副书记。

在那里，她用两年的时间，骑着骆驼几乎走遍了巴丹吉林大沙漠，全盟94个苏木去了92个。仅仅能够深入基层是远远不够的，宝日勒岱除了调查研究、了解情况外，更重要的是把精力放在防风治沙，建设草库伦，为农牧民不断排忧解难上。这种工作态度和精神，深深地感动了当地干部和群众，并得到了人们的一致好评和尊敬。

然而，宝日勒岱却并不满足。随着当代科学技术的发展，她认识到：自己主要靠实践积累起来的那点经验已不能很好地胜任现代领导工作，加之文化程度本来就偏低，所以更不容易适应新形势的要求。为此，她再一次决定，要求到高等院校脱产上学。

1984年，她通过考试，到内蒙古党校大专班学习。在两年的时间里，刻苦攻读了数十门课程，最后以平均每门功课90多分的成绩，以50岁的年龄取得了大学专科毕业证书。这种坚忍不拔的精神的确证明了她不仅能在艰苦的生产劳动中当"劳模"，在复杂的行政管理中能当"领导"，在紧张的读书治学中也能成为"好学生"。

尽管这张文凭取得晚了一些，但它来之不易、弥足珍贵。

由于工作需要，1983年底，宝日勒岱到自治区政协担任了常委和民族委员会主任。这是一个正厅级职务，对于当了13年副省级干部的宝日勒岱，也许有人会觉得是降格安排。那么，宝日勒岱自己怎样看待这一切呢？

采访的那天，宝日勒岱就此事同记者谈了很久，谈得很深。她说："30多年来，我曾经历了各种政治运动，几乎每一次都曾当过自我交代和自我批评的对象。但我对党、对国家、对人民的信念却始终如一。也就是说，我的一辈子，都是党给的。因此，首先应当相信党，其次不管在什么岗位上都应当为党做好工作，为人民利益做好工作。至于职务问题，我赞同干部能上能下。中央委员、党委书记，不可能当一辈子。所以，作为党的领导干部，要勇于接受考验，正确对待自己，这是一个人的风范。"

另外，她还认为：在我的职务升迁与下降过程中，社会上曾有过各种各样的传闻与议论。作为我自己，老实说，当初那个官就不是自己要的，如果不是党的决定和工作需要，自己也不会到那个位置上工作。现在虽然职务下降了，更不应该向党伸手要什么待遇。在这个问题上，应当自觉地同普通劳动者相比，从而把精力放在为人民利益而奋斗的基点上，这样，心里就踏实多了。

是的，宝日勒岱正因为有这样的思想品德，到政协工作后，在自己的岗位上仍然积极深入基层调查研究，为发挥人民政协的作用，在民族事务问题等方面积极参政议政，为自治区各项建设事业做出了应有的贡献。同时，她的家庭也非常幸福和谐。爱人旺楚克在自治区档案馆搞蒙文历史档案；三个子女，一个大学本科毕业，一个专科毕业，一个中专毕业。其中，两个女儿在教育战线工作，一个儿子在自治区统计局工作，各自都在自己的工作岗位上辛勤劳动着……

人生苦乐、浮沉、荣辱在大千世界中是非常自然的现象。重要的是能以正确的世界观和人生观来对待这一切。就宝日勒岱而言，最为可贵的一点就是始终保持了她那劳动者的本色和对党的事业的耿耿忠心。也许，正是由于此，直到今天，她依然为千千万万的人所关心、所理解、所尊敬……

那山、那大寨、那远逝的人

——追忆采访贾进才

1997年2月6日那天翻看《人民日报》时，突然发现了山西大寨村第一任党支部书记、全国著名农业劳动模范贾进才逝世的消息，我的心"咯噔"一下，脑海里立刻出现了那个敦敦实实的小老头儿。一双善良温和的大眼睛，脸上每一条皱纹都体现一种坦荡和平实，独有那双手黑里透红，青筋暴突，粗粝如砂石，且伤痕累累……

那是1995年4月，正是大寨杨柳翻新，浅草青青的时候。我采访完郭凤莲，又上虎头山看完陈永贵的墓地后，顺着山道返回了大寨旅行社。这时突然觉得此行少了点什么，不管怎么着也应该见见贾进才、宋立英。于是，稍事休息，我便从旅行社出来，顺着大门前的路下一段坡道后，来到了大寨那一排著名的窑洞前。当问清贾进才老人的居所后，我便一头闯了进去。正巧，贾进才和宋立英夫妻都在家，贾进才因腿脚不灵便坐在炕沿上没动，宋立英十分热情，又是让座，又是拿烟倒水。我说："我是记者，慕贾老英雄的名而来，聊会儿天可以吗？"

宋立英立刻爽朗地笑起来，用当地土话说："难得哩，随便拉吧，想问甚，只要我们知道，都行哩。就是老贾耳朵有点背，不过，我可以替他说。"

这样，我们便有了下面的话题。

我说:"通过读报刊,我知道贾老是陈永贵的入党介绍人,还把党支部书记的职务让给了陈永贵,贾老为什么要这样做呢?"

因为讲话声音很高,贾进才完全听见了,但他天生不善于表达,沉默一会儿后只说了一句:"陈永贵是个人才。"

倒是宋立英慢慢讲了起来。原来,1946年,贾进才入党后任大寨村政治主任、党支部书记,陈永贵是生产主任。当时,解放区开始搞互助组,贾进才整了一个"好汉组",全是年轻力壮的,剩下一些年老体弱的和未成年的小青年着急了,由陈永贵组成了"老少组"。两个组在送肥耕地、种地等一系列农活儿中摽上了劲儿。结果,一年下来,贾进才输了,一帮年轻力壮的汉子没干过一帮老汉娃娃。

不过,贾进才输得特别服气。他发现陈永贵本事比他大,不光锄耧割地样样在行,而且组织指挥能力、演讲能力都比他高出一等,群众威信也很高。这样,贾进才便慢慢培养陈永贵入党。1947年,陈永贵解决了组织问题后,一天,贾进才同他谈心,推陈永贵来当党支部书记,不料,陈永贵连连摆手。贾进才诚恳地说:"我这是心里话,大寨村的事儿要想办好,没有个好领头人不行。打从互助组变工开始,我就发现你比我强,所以,大寨这摊子事儿交给你,我放心。"

随后,贾进才便到区委找上级领导,请求让贤,推荐陈永贵担任党支部书记。不料,上级领导出于各种考虑,不同意贾进才的方案,一直到第三次,上级才答应。这样,俩人的工作掉了个个儿,一个担任新的支部书记,一个担任新的支部副书记。果然,陈永贵的确了不得,一路干下去,20世纪50年代就出了名,60年代在全国出了大名,并官至中央政治局委员、国务院副总理。这不能不说贾进才慧眼识珠，荐贤有功。

谁也没想到，这事儿最后居然传到毛主席那儿。1964年12月26日，毛泽东71岁生日时，特地邀请出席全国人代会的陈永贵吃饭。席间，毛泽东十分感慨地说："贾进才举能让贤，才使你陈永贵露出峥嵘。这种事历史上有过，但很少。"

返回大寨后，陈永贵把毛泽东的原话告诉了贾进才，贾进才憨实地一笑，说："本来你就比我强，压着你干甚？"

聊完这件事儿，我又问："三战狼窝掌，您立下了汗马功劳，冰碴饭是您第一个带头吃的。据说一些报纸为此还演了一场闹剧，不知您现在怎么看这事儿？"

贾进才略一眯眼，仿佛是在回忆什么，半晌，说了一句："大寨是干出来的。人的嘴是活的，好的时候他说你是油条，不好的时候他说你是臭狗屎。"

贾进才尽管让贤陈永贵，但在生产劳动中从来都是以老党员和第一任党支部书记的身份要求自己。三战狼窝掌时，每天凌晨，他就背着30斤重的大锤上山进工地，下大雪时也不例外，一个人拿把扫帚向石场扫去，然后叮叮咚咚就开始砸石头，等其他社员上工时，他已砸好一堆石头。

野外作业，回家吃饭一来二去非常耽误时间。于是，村里安排送饭，冰天雪地的，等到饭送至工地，结上冰碴子十分自然。为了抓紧时间吃完再干活儿，贾进才顾不得热饭就开始吃。最初，有些报纸以此为例表扬大寨，说什么"冰碴饭儿甜，冰碴饭儿香……"

当时受极"左"思潮影响情有可原，后来，"四人帮"倒台，同样是这些报纸和人，又挖苦、讽刺大寨。其实，如果不是为了大寨的事业和生产，谁会跑到荒野吃这冰碴饭呢？贾进才也是人，如果仅仅是为做样子给大家看，他就不会成年累月砸石头。

从1952年到1962年的10年中，大寨人共垒石坝180多道，开凿石头13万立方，每个劳动力每年平均担石头880余担。在土地基本建设上，每个劳动力每年平均投工120多个。这10年中，贾进才功不可没，否则，大寨人就不会提议给他立碑。但贾进才始终不同意，他说："那一道道石坝，就是咱大寨人的碑，给我个人立，算哪门子事儿啊？！"

采访快要结束时，我又问："陈永贵进北京后您同他有过来往吗？"

贾进才脱口而出说："有，不过不多了。"

20世纪80年代初，陈永贵卸职后，曾回来大寨一趟。有一天让我坐他的车出去散散心，我俩下午跑了好多地方。那时，我戒了烟，他非让我陪他抽。除了聊大寨，聊风景，他又不跟我聊别的，每到关键处就一副想说又不说的样子。我知道他心里难受，也无法替他解脱，只好陪他乐呵。后来，我俩上了一座小山，在一棵大树下背靠背坐了一会儿。突然，他像个孩子似的问我："你知道咱俩背靠背是什么意思？"

我想了想说："不知道。"他又说："好好猜一猜。"我闭着眼思谋了半天，说："猜不出来。"直到今天，我也不知道老陈为什么和我打这个哑谜。

陈永贵逝世于1986年。在北京住院时，贾进才不顾年老体弱，费尽九牛二虎之力到病床前看望了陈永贵，了却了一桩心愿。

离开大寨已有五年，今天的大寨是什么样子，社会自有公论，不必我饶舌。只是在追忆采访贾进才的这段历史时，我不禁多了几分感慨：一个农民尚能做到荐贤举能，那我们的其他领导干部呢？同时，又多了几分猜哑谜的兴趣：陈永贵和贾进才的那个动作，是说人心向背？或是心心相印？现在，那一对几十年风雨同舟、和衷共济的老伙计都已长眠于虎头山上，不知后来者会怎样思考……

风雨草原的足音

——献给20世纪西行的知识分子

引　子

残阳如血。海风劲吹。白浪滔天……

此刻，我和我的兵团战友彭若倩就站在山海关老龙头万里长城起点处烽火台的垛口。这里是海与陆地、关内与关外的连接点和分隔点。这是公元一千九百九十九年的九月十九日，绥远和平解放的纪念日。黄昏。

极目东眺，只见天色墨黑，流云翻滚，风挟着雨，雨推着涛，由远及近、由近及远仿佛千万辆战车裹挟着马鸣与厮杀声浩浩荡荡、轰轰隆隆向岸口奔腾席卷而来，又席卷奔腾而去，涤荡和冲刷着万千年来足下所产生和泯灭的数不清的悲欢离合，上至秦皇汉武，下至庶民百姓，都随着海的泡沫而消失，惟有海面上若隐若现的点点白帆在提示着遥远的记忆与故事。

回眸西望，无数只鸽子和雨燕向天空亮翅飞起，鸽哨透明而激越，俯卧的万里长城在苍茫暮色中沿着崇山峻岭冷幽严酷、蜿蜒曲折地离去，如一条巨龙将龙尾刚劲有力地伸向西边，在荒草乱石间累积和延续着世世代代中华的文明与梦想。

由于分隔，每一块砖石、每一个垛口、每一座烽火台都浸润着历史的血泪,将内地与边疆的界线和差异凸现得清清楚楚,明明白白,真真实实,为寂静幽深的心灵隧道灌注了一种苍凉和悠远,迫使来者去审视、去追寻、去消化。

由于连接,海的壮阔博大、山的雄奇秀丽、长城的宏伟庄严与山海关南北那满山遍野的绿树、农田和富有明清特色的建筑浑然一体,使960万平方公里的土地如一道完整的几何方程式,又不能不让来者去凝神,去咀嚼,去创造……

沉默,良久的沉默后,彭若倩很随意地用手抹去了脸上的水雾和雨滴,突然问我:"你一直在内蒙古,我们团的大院、连队的房子和开挖的水渠现在还在吗?"

看着身边这位20多年没见面的性格刚健干练的老大姐,我记忆的屏幕上一下子跳出了我们所共事的地方——原内蒙古生产建设部队三师二十五团。那是黄河边上与库布其沙漠连接的一处平滩,从包兰铁路的刘召车站下车后走30华里渡过黄河便是,地名叫吉尔嘎朗图。团部有栋办公室,后院是礼堂、食堂,东边是服务社、五连、机务连,西边是6栋家属房,共600多号人。门前不远有一条黄灌渠流过,渠的南北是泛着白色盐碱的农田,再往远交错着起伏不平的沙地以及成丛成片的碱蓬、沙柳、红柳和沙枣林。每到春天,风暴与沙尘隔三差五地奔袭而来,天空由黄变黑,道路断行,四野无人,电话线被刮得无影无踪,十几米外辨不清人影;耳朵和脑袋里灌满了滚雷一样的沉闷、凄厉和呜咽;办公室、宿舍大白天点起罐头瓶做的煤油灯,灯苗随风而动,鬼火似的一闪一闪。最差的时候,一连几十天吃的是咸盐水就棒子面窝头,而干的活儿却是挑渠打坝脱大坯。那时印象最深的一件事就是哭。只要有一个人想家、诉说、抹眼泪，就会有两个、三个加入进来，直到一个宿舍、一个班、一个排、一个连，不管是北京、天津的，还是上海、青岛的，先是有节奏的哭泣，后来竟至号啕……哭够了，便发呆，思考人生的坐标，继续着阳光下的不可摆脱的锻造与淬火。

见我半天不说话，彭若倩又问："你在想什么？"

我答道："没什么。咱们团我也21年没回去过，但梦里经常依稀可见。兵团战士全部走光，不少连队现在一片废墟。不过，很多战友在世纪末的时候倒常去那里寻找逝去的青春，并且带着他们的孩子，一边走一边看，一边讲述过去透明的梦一样灿烂的故事。"

彭若倩紧追不放，又问："有人说这是一种怀旧情结，你以为呢？"

"不。这样理解太浅薄了！当一个人随着一种大潮从几千里外的地方将自己最美好的青春交付与边疆那一片荒凉的土地之后，本希望释放生命的创造力，在自己的对象物中延续一种文化精神。不曾想，历史却让创造变成破坏，演绎了一连串啼笑皆非的故事。所以我们这些人都是嘲弄历史和被历史嘲弄过的人。当然，从另一种眼光看，不管当时历史的烟尘有多大，生命总要在风雨雷电的洗练中亮出光泽。就这个意义讲，苦难是一种发酵剂，哪怕没有任何回报，它已使一个人的思想开始成熟，真正奠定大部分人生存在价值的理想追求，并推进对文化的创造。推而广之，这是中华民族人文精神几千年来得以延续的根本所在。所以，不独到内蒙古支边的18万兵团战士和知青，各个时代从全国各地到内蒙古支边的知识分子都一样，不管他们离没离开内蒙古,不管他们遭受了多大的创伤和挫折,不管他们现在活着还是已经离去,都曾眷恋过那一片土地,都曾自觉或不自觉地接续那个岁月的人生审美过程。"

面对我的回答,彭若倩点了点头,开始讲述1979年离开内蒙古到大西北嘉峪关附近的核试验基地工作12年的经历,诉说了核城知识分子那鲜为人知的催人泪下的故事。末了,她意味深长地告诉我:"内蒙古兵团8年,甘肃的大漠戈壁12年,人生最美好的时段已经过去。不过,我不后悔当年的选择,这笔人生财富千金难买。"

听她说话的时候,我不经意地打量着这位中年女性,她一袭黑色衣裤外加一件黑色风衣,潇洒干练,只是身体还那么单薄瘦弱,皱纹已爬满额头,收藏了西部20年大漠风沙所构造的各种酸甜苦辣的故事。很快,我的采访本上有了她的经历:彭若倩,河北定县人,16岁到内蒙古兵团,先战士,后政治处新闻干事,1978年兵团划归地方后,继续在吉尔嘎朗图农场政治处工作,1979年农场撤销后,西去甘肃,调入大漠核城。1992年初调入河北秦皇岛市山海关区委,任宣传部副部长。

不知什么时候风停雨歇,面对秋树暮云,我们在山海关城楼前握手告别。我说:"你应该写一部书,标题就叫'从嘉峪关到山海关'。你走完了万里长城,接受了西部风暴的吹打,又在承接东部海涛的冲击,一个人的一生能有这种经历是一种幸运。"

彭若倩淡然一笑:"同西行的知识分子相比,我的经历和所做出的一切,不过像长城的一块砖那样简单。需要描述的应该是西部的支边团队,没有他们,西部开发建设的乐章就缺少深刻的主题,中华现代新文化创造的棋盘上就缺少了一枚美丽的棋子。"

随着一声"再见",她的背影顷刻间融入了万里长城脚下的那片碧绿挺拔的古松林。

她不知道,为了她说的这一切,我已苦苦寻觅了13年……

飞烟流火的日子

背景资料之一:站在中国地图面前,辽阔雄劲的内蒙古高原宛如一只亮翅冲天的大雕。东起呼伦贝尔,西至阿拉善,横跨北中国东中西部,莽莽苍苍,海海漫漫。山与水呼应,森林与草原相连,平野与大漠续接,同俄罗斯、蒙古的边境线长达4200余公里,号称"八千里路云和月",118万多平方公里的土地,又谓之"东林西铁,南粮北牧,遍地是煤"。据统计,内蒙古有耕地8020万亩,天然草原13.2亿亩,林地面积2.64亿亩,淡水总面积1200万亩。水能资源理论蕴藏量达497万千瓦,可开发利用的水力资源243.8万千瓦。矿产资源已发现的有近百种,其中39种矿产储量位居全国前7位。稀土、铌、铸型砂、水晶石、锆石、玛瑙6种矿产居全国第1位。煤炭、铬铁矿、锌矿、天然碱、泥炭铁矾土、砖瓦黏土7种矿产储量居全国第2位。

从人口的民族构成看,内蒙古是以蒙古族为主体民族、汉族占多数的多民族聚居区。境内居住着49个民族,少数民族人口目前为442万人。

背景资料之二:1947年5月1日那天,东北战场的枪声和炮声不断传来,硝烟和战火在天空弥漫,而乌兰浩特却阳光明媚,风清气爽,在铁血一样严酷的战争中亮起了一面鲜艳的旗帜。当乌兰夫同志走上大会主席台,宣布内蒙古自治政府正式成立时,台下立刻响起了经久不息的暴风雨般的掌声,成千上万为之浴血奋战的蒙古族、汉族同胞情不自禁地洒下了幸福的热泪……

不过,苦难的内蒙古以及这块土地上的各族人民,在日本帝国主义的践踏和国民党反动派的压迫以及封建王公贵族、地主阶级的剥削之下,创伤是很难一下子抚平的。他们面对的是这样一种情境:全区国民生产总值5.37亿元,粮食产量只有184.5万吨,牧业年度牲畜总头数931.9万头只,地方财政收入9万元,财政支出39万元。工业只有少量的皮毛、粮油加工厂和作坊,工业增加值3700万元。561.7万人口竟有90%以上的文盲,全区只有6所中专、16所中学。

然而,就在这样一种极端困难的条件下,据《乌兰夫回忆录》记载,内蒙古自治区以源源不断的物力和人力支援了东北解放战争。仅兴安盟、纳文慕仁盟、呼伦贝尔盟,3个月就缴送了1.1亿多斤公粮,哲里木盟缴送了3.2万多斤牛羊肉,9.4万多斤羊草。人力方面,仅昭乌达盟就动员了4个骑兵师、1个骑兵旅的兵力,并组织了28万民工支前。

1947年5月19日,毛泽东、朱德同志复电内蒙古自治政府时说:"曾经饱受苦难的内蒙古同胞,在你们领导之下正在开始创造自由光明的新历史。我们相信,蒙古民族将与汉族和国内其他民族亲密团结,为着扫除民族压迫与封建压迫,建设新内蒙古与新中国而奋斗。"

从此,水乳交融的蒙古族、汉族和其他民族在内蒙古的政治、经济、文化等各个领域的发展和建设上,展开了一幅色彩斑斓、如诗如歌的画卷……

人物素描之一：贾作光说："我跳蒙古舞下的板儿腰是'全国粮票'，谁都要学。"

1999年10月的一个夜晚，在北京朝阳区一幢普通的居民楼里，我找到了国际知名舞蹈艺术家、中国舞蹈家协会副主席贾作光的家。

记得是1978年冬天，我上大学时，在学校礼堂看过贾作光的演出。那时他已50多岁，刚被落实政策并调至北京工作。那一天他激情澎湃，创作与表演的灵感像火焰一样燃烧，一上舞台便精神抖擞地进入自己的创作对象之中。他所表演的蒙古舞热烈奔放，刚健挺拔，一举手、一投足便会由境生意，由意生美。尤其是他的大揉背开始时，双臂左右一伸，几近笔直，肌肉的抖动和气血的运动一气呵成，如波似浪，活脱脱一只展翅翱翔于天空的苍鹰，那技艺分明已是炉火纯青、出神入化，让人叹为观止。

一晃20多年过去了。现在，这位中外驰名的内蒙古土地上成长起来的舞蹈家就坐在我的对面。那张国字形的方脸尽管布满沟沟坎坎，但棱角分明，锐气不减当年。说话时眉锋向上一扬，眼神飞光流彩，感染力极强，爱与恨顷刻间暴露无遗。激动时，站起来立刻手舞足蹈，旁若无人；平静时点燃一支烟坐在沙发上，双脚轻轻抖动，仿佛在心灵的隧道里演奏历史的小夜曲。

贾作光，满族，辽宁沈阳市人，1923年出生于一个城市贫民家庭。他自幼热爱舞蹈，模仿能力极强，14岁因家贫辍学当童工，后又到长春影画学会演员训练所学习，曾师从于日本舞蹈家石井漠。1943年到北京组织了自己的舞蹈团，创作表演了《烛光曲》、《少年骑手》等舞蹈作品。1945年抗战胜利后，演出过《苏武牧羊》、《国魂》等舞蹈作品。1946年到东北解放区。1947年5月1日，内蒙古自治政府成立时，著名舞蹈家吴晓邦（时任张家口华北联大舞蹈系主任）向乌兰夫推荐了他。自此，贾作光成为内蒙古文工团的一员，成为自治区成立后的第一代支边知识分子，真正走上了革命道路，投身于内蒙古民族文化建设事业的洪流之中。

贾作光性子急，但善观察、重内觉。刚到草原不久，就疯了似的爱上了蒙古民族的文化艺术，特别善于从民俗民风及丰富的民间舞蹈中汲取养料。一次在锡盟草原的一座喇嘛庙中看跳鬼，法号一响，别人无动于衷，他却情不自禁地手舞足蹈起来。他在找感觉，在从粗犷的舞蹈语汇和简单的动律中发现和创造美，进而提炼与升华，根本不管周围的群众怎么看他，顷刻便能自我陶醉于所创造的世界中。

贾作光是专家。初到内蒙古文工团，十分喜欢民族文艺又爱才护才的乌兰夫就专门向有关领导叮嘱，要给贾作光创造条件，生活上开小灶，解除其后顾之忧，以尽情释放和施展其舞蹈才华。那时候，他不过23岁，是一个风华正茂的小年轻儿。不过，他并不愿意享受特殊，更多的时候同大家一起吃，和蒙古族干部、群众、艺术家成天扎堆儿，一起生产、劳动、演出，风里来、雨里去，以感受民族文化的细微，体悟蒙古舞语汇的真谛，领略蒙古族同胞心灵世界的精妙。所以，草原上的蒙古族艺术家和群众常以为他是蒙古族，称之为"玛乃贾作光"，汉语即"我们的贾作光"。

2000年3月，中国舞蹈家协会在北京专门召开了"贾作光舞蹈思想研讨会"，中国舞蹈界老中青三代的顶尖儿人物白淑湘、游惠海、戴爱莲、陈爱莲、杨丽萍等几乎全部到会，专家学者达80多人，香港舞盟也派代表祝贺并参加研讨。到研讨会时，贾作光已创作、编导、表演了137个舞蹈作品，有独舞，有群舞，其中90%是蒙古舞，几十年来成功和获国际国内大奖的也都是蒙古舞，不少已成为中国民族舞蹈艺术的经典。由此，贾作光被称为"蒙古舞的奠基人"，并在蒙古舞的动肩、马步、手臂韵律等方面形成了贾派风格。

面对辉煌的舞蹈艺术成就，谁又能知道贾作光在舞台后面的付出呢？

贾作光能吃苦，以苦为乐。舞蹈事业是极其残酷的事业，其苦如同下地狱。不说别的，一场功练下来，喘气如风箱，练功鞋里的汗可以哗哗往出倒，练功服上的水不用拧就往下流；一场筷子舞跳下来，浑身上下遍布青紫的伤痕，摸一把钻心疼。饮食也极其苛刻，为了保持体态，从来不能放开肚皮吃饭，演出前常常要空肚子，喝点牛奶、吃点鸡蛋而已，为此，贾作光常"饿其体肤"，曾自嘲为"丐帮帮主"。20世纪40年代末，战争结束前，文工团员常居无定所。行军打仗、前线慰问、宣传发动群众，各种艰苦环境都要经历。想吃一顿饺子、想找一个安定的排练场地都难得很，而贾作光居然能在风餐露宿、月亮与星星照明的条件下创作编导出《牧马舞》、《雁舞》等作品，传播革命文化的火种，鼓舞前方将士的杀敌斗志，激励后方群众奋勇支前、努力生产。其情其状，的确感人至深。

贾作光性情率真，单纯透明，快人快语，能说一口流利的北京话。不管大会小会，只要他到场，必有发言，滔滔不绝，口若悬河，而且逻辑严密富有感染力。说到动情处，站起来便舞，以配合情绪和思想的表达，爆发力和冲击力极强。谁若对蒙古舞有微词，必然招致他的迎头痛击，谁若讲到民族舞蹈家的苦难，他便会旁若无人地涕泪长流。1999年在北京解放军艺术学院会议厅，我因参加一个舞蹈作品讨论会，聆听过他的一次讲话。那是一种诗的语言，如瀑布一泻而下，说到妙处，灵气飞扬。讲他20世纪50年代创作的《鄂尔多斯舞》、《盅碗舞》、《挤奶舞》等舞蹈作品时，脸笑成一朵花，有一种按捺不住的发自内心的自信："那样的作品已是蒙古舞的传统，至今没人超过，我不说你们也会肯定。我跳蒙古舞下的板儿腰，是'全国粮票'，谁都得学。"

　　大家听得哈哈大笑，笑过之后，却觉得贾老所言是实，并非在那儿胡吹乱侃。其率真，果如一个调皮的孩子，可亲可敬。

　　贾作光不仅有艺术才华，还颇具领导才能。1958年，曾调北京任中央民族歌舞团副团长，1963年又调回内蒙古，任文工团团长、内蒙古艺术剧院院长兼党委书记；1978年再调北京舞蹈学院任副院长，并兼任北京市舞蹈家协会主席，后又任文化部艺术局专员、中国舞蹈家协会副主席。任内，他以培养舞蹈艺术人才为己任，弟子不计其数，今天已是桃李满天下。每次聚会，除了平辈，大家一概以贾老师相称，无一人呼其职务。现在，他年近八旬，执弟子礼者皆称其"贾老"，背后以"贾老爷子"相称，仍是一种发自内心的尊敬。

　　贾作光性格坚韧，毅力非凡。"文革"期间在内蒙古时，被打成"乌兰夫文艺黑线的执行人"、"乌兰夫的'黑母鸡'下的'黑蛋'"，先是批判斗争，后被关押改造，监管在楼梯处的一间黑屋子里，终日不见阳光。那时，他正患"甲亢"，重病在身，后来，稍许有些自由，却被造反派押着，脖子上围块毛巾，挖防空洞、搬砖、抬水泥，休息时间也要去扫院子、淘厕所。体力劳动的处罚尚可忍受，最难忍受的是精神污蔑。士可杀而不可辱，最艰难的时候，他曾跳过楼，以示清白和对极"左"路线的抗议。所幸大难不死，只是摔断一条腿。后来，他明白了，死没有用，枪林弹雨的战争都经历了，还在乎几个造反派？历史总会证明一切。

　　落实政策后，贾作光以极大的宽容原谅了历史，又进入一个创作高峰期，不断有新作问世。《彩虹》、《任重道远》、《青年牧马人》、《喜悦》等舞蹈在中国舞坛上引起了强烈反响，使蒙古族文化在新的历史条件下进一步得到开掘和发扬光大，成为民族舞蹈艺术长河中史碑式的作品。

　　贾作光是个大忙人，进入20世纪90年代，在北京举办了独舞晚会后，这位70多岁的老人，仍然为中国的舞蹈事业奔走呼号，经常几个月不着家。今天上海，明天深圳，后天说不定就飞到了香港。讲学、观摩、交流、理论研讨，舞蹈界的活动只要需要他，他就会及时出现，而且像一团火，烧个滚烫透体。

　　1999年春天，就民族舞蹈的继承与创新问题，他接受了《光明日报》记者的采访，提出了"生态舞蹈"的概念，对人与自然、社会的关系，通过舞蹈艺术的形式进行了定位与创新，其论别开生面，为中国舞蹈界又吹来一股新风……

谈贾作光，还应该到他的书房看看，那里到处是来自世界和中国各地的民俗工艺品，琳琅满目，熠熠生辉。这种氛围，我在北师大中国著名民俗学家钟敬文先生家中感受过，在贾作光先生家是第二次。贾先生能书善诗，常有墨宝诗作问世，不仅为文艺界，亦为其他各界所称道。

谈贾作光，我以为：没有内蒙古，就没有贾作光的舞蹈艺术，没有贾作光的舞蹈艺术，就没有蒙古舞今天繁荣、发展、创新的局面。

无论怎么说，他的确是当之无愧、世所公认的蒙古舞大师。

孔雀飞来的时候

背景资料之三：新中国成立后，面对边疆少数民族地区经济、文化、科技、教育的落后状况，周恩来总理发出了支援边疆、建设边疆的号召。于是，一批又一批知识分子从沿海和内地大踏步地走向内蒙古。1950年至1952年，内蒙古除自治区直属机关，呼市、包头市、乌盟、巴盟、赤峰、呼盟、锡盟、伊盟、哲盟等9盟市共拥有大学以上学历的知识分子422人，其中伊盟最少，仅有4人；1953年至1957年，这些盟市共调入大学生1941名，1957年至1964年，共调入8860名。至1964年，9盟市拥有大学生11223人，其中，绝大多数为支边知识分子。（资料来自内蒙古自治区档案馆。）

从20世纪50年代到70年代初，内蒙古支边知识分子共有7万多人，来自全国各省市。

背景材料之四：1949年9月19日绥远和平解放时，包头市只有7.9万人，虽为中国北方的皮毛集散地，但工业只有小型发电、皮革、自来水、面粉加工等六家小厂和三四家从事农具修理的铁工作坊，工业产值不到1000万元。当然，包头市的矿产资源早已知名于世。1927年7月，著名地质学家丁道衡先生到包头北部的白云鄂博考察，发现了铁矿，并于1933年12月发表《绥远白云鄂博铁矿报告》，震惊世人。1935年，另一位地质学家何作霖又发表了《绥远白云鄂博稀土类矿物的初步研究》，揭开了白云鄂博的稀土之谜。同时，两位科学家极有远见地指出："若能于包头附近建设一座钢铁企业，则对于西北交通有深切之关系，其重要不仅在经济方面而已。"

旧中国科学家无法实现的愿望在新中国成立后不久便开始实现了。第一个五年计划期间，国家的156个重点建设项目中，就有包钢、内蒙古一机厂、二机厂、第一、第二热电厂五个项目放在了包头，其目的是利用当地资源来发展工业，形成产业优势，推动边疆少数民族地区经济文化等各项事业的进步，从而逐步缩小边疆与沿海内地的差距，使少数民族和汉族真正走上共同繁荣的道路。这当中，人才最为关键。以当时边疆地区的人才状况，要完成和实现开发目标是万万不可能的。所以从1953年起，包钢的前身"五四钢铁公司筹备处"便开始接收国家分配的支边知识分子3000多人。包钢从20世纪50年代开始，共接收全国各地大中专毕业的知识分子，是国家向少数民族地区投放知识分子最多的地方，这些人才来自除西藏、新疆、宁夏和台湾以外的26个省市自治区。除内蒙古籍的782人外，支边知识分子占总数的85.4%。

如果说包钢是内蒙古工业建设中知识分子支边最具典型意义的地方，那么，内蒙古大学的建设，同样是内蒙古教育科技方面最能反映支边知识分子特征的一次壮举。

解放初，呼和浩特市城区人口13万，没有大学，只有中专和普通中学10所，在校学生3700余人；小学214所，在校学生1.9万人。

1956年3月，自治区政府决定创办内蒙古大学，这是中国少数民族地区的第一所综合大学。党和国家从筹备工作一开始，就在资金、师资、教学设备仪器、图书资料等方面给予了支持与帮助。仅师资方面，高教部一次就分来60名研究生和大学毕业生。北大、人大、南开、复旦、南京大学、北京俄语学院等十几所院校支援内大130多名教师。除蒙语系外其他各系系主任和骨干教师都由支边知识分子担任，计有李继侗、史筠、张清常、陈杰、师树简、马毓泉、梁东汉、邱佩璋、罗辽复、张鹤龄、周清澍等一大批各学科的优秀人才……

人物素描之二：唐嗣孝说："刚退休那阵子，听不到包钢的机器声，晚间便睡不好觉。"

唐嗣孝个头不高，面目清癯，一头银发纹丝不乱，双目炯炯有神，举止间透出一种宁静与安详，能够无声地去感染你，让你不自觉地走进她的话题……

她20世纪20年代末期出生于四川，少年起便异常勤奋刻苦，敏而好学，新中国成立前夕毕业于四川大学化学系。1950年，在鞍钢的大规模建设中，她参加了工作，成为当时鞍钢为数不多的女技术人员之一。

那个时候鞍钢的工作和生活条件很艰苦，女同志要想战胜困难往往比男同志要付出更多。唐嗣孝仿佛生来就是一个向艰难困苦挑战的人。她风里来雨里去，加班加点工作，热情地帮助同志，勤奋地钻研课题，不厌其烦地给工人讲课，回答技术难题……

1952年，她加入了中国共产党；1953年，她担任了鞍钢炼焦车间主任。1956年被评为鞍山市、辽宁省、重工业部和全国先进生产者。

唐嗣孝就是唐嗣孝。当荣誉与鲜花向她走来的时刻，她表现的是一种平静；失败和困难袭来时，她表现的依然是一种高度的平静，铆足了劲儿继续拼搏奋斗。

1957年，大规模的包钢建设开始，她简单地收拾一下行装，坐上西去的列车，来到了内蒙古包头市，成为包钢的第一批建设者。风餐露宿，日夜奋战，在极其艰苦的环境中点亮了生命的灯，用劳动、智慧和热情创造着脚下的一切。1958年，她荣获内蒙古自治区"十大女标兵"称号。

此后的数十年中，她两次被评为全国劳动模范，三次被评为全国"三八"红旗手，还是中国共产党第十二次全国代表大会代表，第五、第六届全国人民代表大会代表。曾担任过包钢焦化厂副厂长、厂长，总公司的副总经理、副总工程师等。

唐嗣孝退休前是教授级高工，我国著名的女炼焦专家。

那一天，正是她来包钢40周年的日子，回首往事，她轻轻地为我掀开了历史的一页……

1959年，包钢的大型焦炉建成后，用煤成了一个大问题。内蒙古的煤多为气煤和肥煤。传统的炼焦理论认为，炼焦必须以焦煤为主。内蒙古虽然有的是煤，但很难在焦炉上派上大用场。然而，如果从外地运进，一是铁路运输压力太大，二是所产焦炭成本太高。为了解决这一课题，从1963年到1964年，唐嗣孝和她的伙伴们先后16次到内蒙古、宁夏的9个煤矿，展开了资源调查。唐嗣孝常常一连几个月不着家，住在煤矿十分简陋的招待所里，每日到矿里看煤样，选煤种，咨询技术问题。遇到难题，一连几天几夜睡不好觉，走着、站着、坐着都在思考。饿了，随便吃一口；渴了，喝凉开水是常事儿；出汗了，随手抹一把，一着急，手上脸上全是煤灰……

出差回来，她匆匆忙忙搭照一下家，便进了厂，在煤气加热铝镁砖配煤试验焦炉上，对15个单种煤和30个配煤比，进行了300多次试验，终于成功地将内蒙古煤的配煤率由原来的10%提高到51%，使配煤成本每吨降低了2.25元，配煤的运输距离平均缩短了150公里。

由于唐嗣孝和她的伙伴们的贡献，很快，包钢焦化厂就实现了扭亏为盈，产量、质量、利润都达到了全国焦化行业一流水平。

唐嗣孝在生活上也十分精明能干。她能够有条不紊地处理好工作与家务的关系。她做事雷厉风行，说一不二。闲暇时，养花种草，练书法，打太极拳……唐嗣孝为人坦诚谦虚，在包钢工作的几十年里，虽然贡献突出，成就斐然，但从不张扬，默默地做着自己该做的一切。由于荣誉，她认识了不少党和国家领导人以及社会各界人士，却从不利用这些关系为自己办私事。作为女人，她的穿着一向朴素洗练，从不刻意修饰自己，但那儒雅大方的气质和外柔内刚的性格令人肃然起敬。

她对包钢、对炼焦怀有一种刻骨铭心的感情。这种感情，常常不经意地流露出来。站在峭拔伟岸的高炉前，看白日里的云蒸霞绕、汹汹喧闹，晚间的紫光凌空，拱星托月，她的心潮如海浪一样起落难平。甚至，听不见包钢的机器轰鸣，人声喧闹，她就睡不好觉……

刚退休那阵子，只要公司和焦化厂出现技术难题，她便放下手中的活儿，匆匆坐车赶去。在现场，从不以权威自居，与同事们一道翻图纸、查资料、讨论商量，一起寻求最好的解决办法，常令人无限感慨……

我问唐嗣孝为什么退休不回成都，她微微一笑："北方待了近50年，再回四川感到一种不习惯。内蒙古包头是我的第二故乡。包钢的建设从一块砖瓦、一根钢梁开始，我都亲眼目睹和参与过。可以说，是经历了从沙丘荒野到十里钢城的全过程，让我离开她，心理上割舍不下。"

面对飞溅的钢花和奔流的铁水，面对这座我国少数民族地区惟一的特大型钢铁稀土联合企业，以及由蒙、汉、达斡尔、回、满等20个民族10万余名职工所组成的民族大家庭和1900多名少数民族领导干部、500多名中级以上职称的少数民族专业技术人才和那么多的支边知识分子，我终于明白了唐嗣孝老人的话……

人物素描之三：1977年11月15日，于北辰在包头召开的一次科学大会上，激情飞扬地振臂一呼："革命知识分子万岁！"如黑云中炸开的一声惊雷，深深地震撼了与会者的心灵，许多饱受摧残的知识分子流下了激动的泪水。

走进于北辰在内蒙古大学的家，满眼只有两个字：清贫。

于老还是20年前的那个样子，一头银发不经梳理便向后扬起，几乎是根根向上，极具个性。目光炯炯，讲话时依然抑扬顿挫，感染力非常强。

于老 1915 年 1 月出生于四川大足县一个贫苦农民家庭，荷锄躬耕的父亲虽勤劳却不得一家人温饱，只好于农闲时去当轿夫抬滑竿。1923 年，于北辰 8 岁进私塾发蒙。1930 年，15 岁的于北辰考入龙水镇高级小学，后又转入县立高小，1931 年考入大足县中，1934 年考入四川农学院附中。从这时起，他积极参与反对四川军阀刘湘的学生运动。1935 年，四川农学院附中并入成都中学，于北辰任学生会主席。1936 年冬，国民党宣布高中生没有军训文凭不发毕业证。于北辰、赖自昌代表省立成都中学同成属联中孙德辅、刘仲甫通电全川强烈反对，得到全川高中毕业生的热烈响应。国民党被迫取消高中毕业军训文凭。

1938 年，就学于四川大学的于北辰正式加入中国共产党。同年，川大党总支成立，于北辰任组织委员，后又调成都市委青年部，并任成都市学生抗敌促进会党团书记。

1940 年，于北辰因作为学生领袖身份太暴露，到了延安，任青干校中队长，当年冬天，又调任中央青委总务处长。1943 年，在康生领导的"抢救"运动中，于北辰被打成"特务"。1945 年，甄别之后，组织结论于北辰"没有任何政治历史问题"，遂被任为韬奋书店经理。

日本投降后，于北辰去东北做青年工作。1948 年任东北局青委委员兼东北团校教育长，1949 年又兼任东北体委秘书长。1950 年，于北辰任东北团委秘书长兼统战部长，1952 年，任团中央统战部长兼全国青联秘书长，1955 年调高教部综合大学司任副司长。此后，他与高教事业结下了不解之缘。

1956 年，中央同意创办内蒙古大学。于北辰作为高教部综合大学司副司长，受命肩负起了筹建重任。他先是赴苏联考察，继而在京津等地选调师资。经过一年的艰苦努力，1957年11月14日，内蒙古大学终于落成并举行了开学典礼。11月19日，于北辰被任命为内蒙古大学副校长。当他在北京火车站双手接过高教部派人送来的任命书时，激动的心情难于言表。回忆一年多来自己亲手参与的内蒙古大学的创办过程，他暗自下了决心，一定要将这所大学办好，办成一流的大学。

到内蒙古大学后，于北辰主管教学与科研工作。他认为一个大学校长，至少要抓五件大事。第一要抓教师，造就一支高素质的教师队伍。第二要抓教学仪器设备的购置与更新。第三要抓图书资料的收集和不断充实。第四要抓校刊、学报、著作的出版发行工作。第五要抓教学质量，注意优秀学生的培养。

长期担任内蒙古大学副校长、校长的于北辰，的确是一位名副其实的教育家。除了教育实践，他还写了许多杂文、时评，其中不少围绕教育主题，发挥了自己的教育思想。1957年5月25日在《人民日报》上发表的题为《希望有更多的专家来培养知识青年》一文中，于老直言不讳地指出："专家们，不能再冷起来了"，"今天中国专家是少得可怜的，浪费专家的力量是不能见谅于人民的"。1980年5月11日《内蒙古大学》复刊时，于老在祝词中写道："高等学校主要的不是传授学生许多知识，而是教会学生为将来进行创造性劳动取得知识的方法。"

他说："教育是光荣、神圣的事业。教师的天职是将学生培养成各种各样的社会主义建设人才。教师的最高理想是使自己的学生，将来个个超过自己，成为学者、大学者、专家、大专家。因此，教师必须加强学习，研究教学法，力求进行创造性教学,无负人类对我们的期望。"

于北辰还是一位坚强的共产主义战士。他的性格火爆,热烈豪迈,疾恶如仇,不畏权贵,直言无忌。"文革"一开始,他对林彪、江青等人拿教育战线开刀,破坏和摧残社会主义教育事业的行为极其愤慨,于逆流中勇于奋起,针锋相对。林彪、江青的追随者们对他恨之入骨,多次进行批斗,他的身体受到严重的损伤。尽管如此,他忠于共产主义的信念矢志不移。当姚文元的《必须领导一切》一文把知识分子打成"臭老九"时,他挺身而出,斥之为"胡说八道!"估计右派学生时,有人说占总数的6%,于北辰拍案而起:"1%我也不同意!内大好几千学生,1%就是好几十人,6%就是几百人。我们要保护学生。切记一辈子不要整人,不要害人。""四人帮"抬出"白卷英雄"后,他义愤填膺,深知这将给教育事业带来严重后果,指出这是一个"小丑"!

1974年,"批林批孔"运动开始,于北辰被"四人帮"及其追随者打成"内蒙古右倾复辟的急先锋","内蒙古的孔老二"。但他不屈服,继续和群众一起为捍卫党的教育事业而斗争。

于北辰严于律己,宽以待人。1957年,他到内大的第一天,就到总务处要了一份全校教职工住址材料,然后挨家挨户登门拜访。三年困难时期,他把照顾他的白糖送给有病的职工,把肉送到了幼儿园。"文革"时,他们全家被赶到了工棚,后又搬到集体宿舍,三代人住在两间最次的房子里。恢复工作后,他已经60多岁,但仍和职工一起排队买饭。炊事员总想照顾他,而他却讲,我老于是普通一兵,只有艰苦奋斗,与群众共甘苦的义务,没有搞特殊的权利。

对"文革"中整过他的人,特别是学生,于老更以宽广的胸怀对待。"四清"时给他当秘书的一位干部,"文革"时在大会上讲了他两个多小时的坏话。落实政策后,于老对老伴儿说,某某是好人,这下他背上政治包袱,不给他卸掉,会压死他的。几天后,说来也巧,于老和那位干部正走个对面。于老说:"孩子,把头抬起来。这么大的运动,你不但没见过,也没听说过。你当过我的秘书,人家斗你逼你是当然的。列宁讲,上帝允许青年说胡话,没什么了不起,改了就好了。"

从此,恩恩怨怨一笔勾销!

经过40多年的奋斗,内蒙古大学进入了壮年期,培养了一万多名本科生、硕士生、博士生,他们成为内蒙古和全国各条战线上的优秀人才,取得了丰硕成果,受到了社会的夸赞。这与当年的老校长于北辰的辛勤努力是分不开的。

1981年,于北辰调离内蒙古,先后担任中央教育行政学院党委书记、中国高等教育学会副会长、中国高等教育管理研究会理事长,为中国高等教育的发展在理论和实践上都做出了可贵的贡献。离休后,他又回到了内蒙古,为民办大学教育奔走呼号,热情相助,其情其状感人至深。

1994年是他80华诞、从教60周年纪念,同仁和弟子们为他制作了"劲节垂风范,三千皆斐然"的条幅,高度评价他的人格和业绩。1997年,内蒙古大学出版社出版发行了《于北辰从教60周年纪念文集》,全国人大副委员长吴阶平题写了书名,南京大学原校长匡亚明题了词。

于老40岁出塞,支边几十年,桃李满天下,却不计地位与名利，其人生境界与追求，实在是后生晚辈学习的榜样！

人物素描之四：李博生前曾多次说过，如果草场和沙地再不治理，生态环境就难以改善，内蒙古的畜牧业就难以为继……

2000年三四月间，一场又一场沙尘暴肇始于内蒙古，进而袭击河北、北京。所到之处，天昏地暗，汽车大白天开灯行驶，行人无法行走，十几米外视物模糊……严重时，房毁人亡，给人民的生产和生活带来一次又一次的灾难。

面对这种情景，我突然想起了一个人，一个了不起的人，他就是中国科学院院士、著名植物生态学家李博。可惜，他出访匈牙利因公殉职已近两年。

李博是山东人，1953年毕业于北京农业大学，分配到北京大学，担任著名生物学家李继侗教授的研究助理。1959年，他随李继侗先生支边到内蒙古大学生物系工作。他对内蒙古的情况并不生疏，从20世纪50年代初开始，他便从事生态学教学和干旱半干旱区植被与草原研究。曾于1956年6月受中科院的委托，带领一支18人的考察队到巴丹吉林大沙漠进行科学考察。

那是他第一次到沙漠。恶劣的气候反复无常，正午的阳光晒在沙子上，地表温度有时高达70℃，不少队员的脚被灼伤；夜晚，狂风吹过后，气温骤然降至零度以下，睡在帐篷里，冷得难以入眠。就在这样的条件下，李博和他的考察队员坚持用27天的时间横穿了巴丹吉林沙漠，顺利完成了科学考察任务。

到内蒙古大学工作后，他在教学之余，孜孜以求地开展科研，到20世纪60年代初，先后参加了呼伦贝尔草原考察、中国科学院治沙队沙区综合考察、西辽河流域草原考察、内蒙古现代草原植被考察、中科院磴口治沙站及呼伦贝尔草原定位站植被定位研究，阐明了我国沙漠地区与草原地区植被类型与分布规律，并进行了植被与草地资源的综合评价，提出了内蒙古植被地带划分，森林草甸、荒漠化草原地带以及库布其沙漠的东西分异等观点，在学术界引起反响并广为人们引用。这些成果在1978年4月召开的全国科学大会上获表彰奖。

作为一名科学工作者，李博深知，科学上每一点成绩的取得，仅仅是新的起点，并不代表着最高。只有从新的起点继续深入研究，才可能有更新的成就。20世纪70年代中期，在政治火药味强烈、学术空气稀薄的情况下，他依然故我，参加了中科院黑龙江土地资源综合考察，主持植被组工作，以植被为指标，进行了生态分区。后来又利用现实植被与顶极群落的距离作标准，编制出草原区典型地段人为干扰图，提供了环境评价的一个新途径。后来，这一课题中的"呼伦贝尔牧区草原植被及草地资源评价"成果获内蒙古自治区科技进步三等奖。

粉碎"四人帮"以后，他协助吴征镒教授主持《中国植被》一书的编写，任编写组副组长，执笔四章。其中，"中国植被分类的原则、单位与系统"一章，提出了具有中国特色的一个分类系统，对该书编写起到了重要作用，"草原分类"、"分区"两章概括了我国草原植被类型与分布的基本规律，科学和实用的意义十分重要。这部著作1988年获得了国家自然科学二等奖。

教学上，李博在20世纪70年代中期的内蒙古大学主持创办了我国第一个植物生态学专业，先是本科，后又建立起硕士和博士点，培养了大量植物生态学人才，为中国的植物生态教育做出了突出贡献。

进入20世纪80年代后，随着科研环境和条件的改善，李博主持了国家"六五"科技攻关项目——"遥感在内蒙古草场资源调查中的应用研究"，完成了内蒙古118万平方公里范围内草场资源系列地图的编制，并应用GIB完成内蒙古草场资源空间数据库，把我国草地资源调查、评价与制图在方法上、精度上、学术水平上往前推进了一步。

这项成果1987年获内蒙古自治区科技进步一等奖，1988年获国家科技进步三等奖。

将遥感技术应用于中国草原植被研究，并取得令人瞩目的成就，这使李博成为国际知名的植物生态学家。20世纪80年代以后，他先后十几次出国讲学、考察、参加国际学术会议，被国际同行誉为"中国草地生态学科的学术带头人之一"。

进入20世纪90年代，李博主持了两项国家重点科研项目。一是"我国北方草地畜牧业优化生产模式的研究"，以生态系统理论和生态工程方法建设不同类型的草地畜牧业试验区，解决环境—草—畜—畜产品生产系统优化的理论与技术问题。二是农业部重点工程项目"北方草原草畜平衡动态监测研究"，利用NOAA卫星信息与GIB进行草地估产、草畜平衡、草地灾害评估及草地资源动态监测研究，利用计算机进行运筹并获成功。

在数十年的科研实践中，李博不畏艰难，勇于探索，积极创新，屡有丰硕的成果问世。在国内外发表论文70多篇，出版专著3部，5套专题地图，主编了5部科学论文集。先后被评为内蒙古特等劳动模范，全国高校先进科技工作者，中国农科院先进工作者。

李博还是一位出色的科学工作领导者。1988年4月，他担任了中国农科院草原研究所所长，主抓科研和人才培养工作，政绩显著。1992年，草原所荣获国家农业部颁发的全国农业综合科研能力评估先进单位称号和奖杯；1993年，他以国际草原资源学术会议秘书长的身份成功地在呼和浩特组织召开了这次国际会议，为国家和内蒙古争得了荣誉。

斯人已去，音容宛在。回顾李博教授的一生，我们不能不景仰。当年，为了支援边疆的教育和科研事业，他放弃了北京优越的生活环境和条件，未与夫人商量，便跨上了西去的列车，而后又举家西迁，让夫人也执教于内蒙古大学。

为了自己心爱的科研事业，他几乎每年都有几个月工作在野外，风餐露宿，以苦为乐，于大漠平野、于茫茫草原，用汗水和生命，吟唱人生的长歌……

他辛勤工作，或在讲台，或在实验室，或在图书馆，检索资料，阅读新书，讲授新课，为登上科学的制高点而奋力拼搏。

这种精神，永远值得活着的人们记取。记者在追访李博教授的生平事迹时，许多熟悉他的人说，倘若李博教授还在，看到中国西部大开发的热潮，看到内蒙古生态治理的项目，看到退耕还林还草等一系列政策和措施，一定会笑逐颜开。因为，一个科学家最盼的是自己的科研成果能够变为政府的决策，为人民带来福音。同时，李博教授一定会为生态治理献计献策。可惜，他已看不到这一切了。

不过，他的学生还在。我想，他们一定会沿着李博教授开辟的道路，取得新的更大的成果，造福于内蒙古的2300万各族人民。

人物素描之五：罗辽复说，作为一个学者，书信多了，说明向你求教的人多了，应该一丝不苟地告诉对方正确答案。不要怕麻烦，其实，这也是科学。

罗辽复先生祖籍安徽歙县，母亲是上海人。1935年9月18日，罗先生生于上海。上中学时恰逢共和国刚刚诞生，学科学的热潮渐渐兴起。罗辽复对物理学兴趣异常浓厚，对爱因斯坦、居里夫人等十分仰慕。1952年，他报考的第一志愿便是北京大学物理系。五年的北大生活，他的学习成绩优秀，奠定了扎实的物理学基础和外语基础，掌握了基本的物理学研究方法。1958年，他从北大毕业，支边到内蒙古大学物理系任教，迄今已有42年。

当时，内蒙古大学在于北辰副校长的倡导下，教师一边要教课，一边要搞科研，这正合罗辽复的心愿。他在繁重的教学工作之余，埋头钻研粒子物理，1960年便开始在国家级物理刊物上发表论文。

物理学奥妙无穷，但只有深入其间才能体会到别人无法体会的快乐。"文革"前的那些日子里，罗辽复住在教工单身宿舍，除了吃饭睡觉外，就待在实验室、图书馆。找不到最新图书资料和实验手段，他便背上书包利用节假日到北京的中科院图书馆、北京图书馆去查找资料，常常废寝忘食。

罗辽复住的平房煤炉不热，只得戴着大皮帽子，穿着皮大衣，不停地搓着冻僵的手去写。

也许，正是这种艰难困苦造就了科学家坚强的性格，成就了科学家的事业。罗辽复先后对理论物理研究领域中的粒子物理、高能天体物理和理论生物物理三个方向15个方面进行研究，取得了突出成就。1978年，"基本粒子理论"获全国科学大会奖，1980年"基本粒子理论和高能天体物理"获自治区科技进步一等奖。

这些成果的取得，并不只是生活上的艰苦和事业上的拼搏所换来的，从某种意义上讲，还应当包括"文革"时政治上的歧视和生活上的困顿。

那是一段令人心碎的日子。"文革"时，罗辽复顶着"白专道路"和"不务正业"的帽子，被"造反派"视为异类，常遭白眼和批判。1976年6月，罗辽复竟遭无理殴打。罗辽复本是一介书生，连句脏话都不会讲，挨打后，气得嘴唇直哆嗦，却说不上话来……

罗辽复被打得三个月不能看书，尽管医药费学校报销了，但此事最后还是不了了之。

这种事罗辽复从未遭遇过，对他打击特别大，刺激特别深。过年他都不愿出门。半年里，他的记忆力减退不少，一直到转过年来，情绪才慢慢开始好转。

罗辽复先生是一个与世无争的人。他为人正直，学术造诣精深，却从不为名利所驱。1.60米左右的个头，国字脸，戴一副眼镜，温文尔雅，见人便笑，说一口上海普通话。没想到，这样一位谦和厚道的物理学家竟遭受过如此凌辱。然而，他极其热爱生活，在挫折之后很快奋起，投入事业和工作，直到取得新的成就。

进入20世纪80年代以后，他多次应邀参加国际性学术会议。1983年的第11届、1985年的第12届国际轻子光子会议上,他先后宣读了关于磁单极对、中微子质量、弱电规范理论等方面的数篇论文,受到国际物理学界的重视,认为有独到的见解和特色,达到了国际前沿水平。著名物理学家杨振宁评价:"在边远地区的内蒙古大学也有许多科技成就。"

由于罗辽复的特殊贡献,1983年他被评为内蒙古自治区高校先进工作者;1986年被评为"国家有突出贡献的中青年专家";1989年他的理论生物物理研究获国家教委科技进步二等奖;1990年获全国高校先进工作者称号。1992年英国传记研究中心授予他杰出领头人奖,并收入国际杰出领头人词典。同年,英国剑桥国际传记研究中心向他颁发了收入国际名人词典的证书。

记者采访时,罗辽复是内蒙古大学物理系教授、博士生导师,内蒙古物理学会理事长,全国物理、生物物理学会理事,内蒙古科协副主席。面对成就和荣誉,他依然默默无闻地工作,不求闻达,把金钱看得非常淡,过着清贫的日子。依然不修边幅,疏于人际关系,忙于教学与科研。

一眨眼,罗辽复已由一个小伙子变成两鬓斑白的老人。数十年来,他将青春与才华献给了边疆的教育和科学事业,无怨无悔。其心可鉴,其情可铭。

人物素描之六:陈杰在1987年内蒙古支边知识分子座谈会上大声疾呼:内蒙古在人才问题上要开源节流。所谓开源,要重培养,重任用;所谓节流,要通过提高待遇等措施,挽留人才,为自治区各项建设服务。

1978年,陈杰54岁,晋升教授。在讲台上,他风度儒雅,表达流畅,富有逻辑思辨的美。他的英文表达也非常好，时不时说几句流利的英语，令学生佩服之至。

陈杰先生是四川成都人，生于1924年，1947年毕业于四川大学。1948年3月到南京，在原中央研究院工作。1949年在台湾待了5个多月，后回到大陆，在四川大学数学系教课。1950年暑假到北大，任教于数学力学系。1957年暑假时支边来内蒙古大学，此后便再未离开过边疆。

陈杰先生始终以教书育人为自己的人生理想。在40多年的教师生涯中，他注重积累，厚积薄发。他认为要做一个合格的教师，必须勤奋学习，善于取长补短，总结教学过程和教学方法，启发学生的心智，使学生能够创造性地学习，掌握科学的学习方法，以早出成果。其次，还要有科研能力，并且把这种能力逐渐转移到学生身上去，以早出人才。不能满足于做一个教书匠，要做一个教学科研双肩挑的教师。一个大学没有科研，就没有良好的学术氛围，就没有新的创造，就不可能培养出创造性的人才。

陈杰先生颇为自豪地讲："这么多年当老师，还是培养出不少有成就的学生的。在北大我曾经任课的好几位学生，现在已是院士。内大也有不少佼佼者，在数学领域做出了成绩，这是当老师的最大安慰。"

谈到自己，陈杰先生谦虚地说："从数学研究方面说，我是不成功的。这主要是从解放初开始，就受'左'的影响。比如说，数学要打倒欧几里得等等。这种历史虚无主义，使许多人产生了急功近利的思想，我也不例外，认为没有多大用处。20多岁时，曾致力于拓扑学研究，后来又被迫放弃，其中甘苦只有我自己清楚。'文革'以后，我主要进行格论的教学和科研。在内大数学系形成了一个小群体，写了不少文章，出版了一部《格论》。此外，就没有建树了。"他近乎自嘲地说："这有点像楚霸王，学书不成，学剑不成，学万人敌，最后当霸王，哈哈……"

"文革"开始时，陈杰先生正是盛年，本应出更大的成就。但可惜，很快就成为造反派揪抓的重点，罪名有十几个。先是大字报、大标语攻击，后又关牛棚5个多月，直到1972年初，才重新获得自由。

党的十一届三中全会以后，由于工作需要，陈杰先生主要做行政领导工作，先后担任了内蒙古大学数学系主任、内蒙古大学副校长。1985年担任全国政协委员，1988年担任内蒙古政协副主席。他还是内蒙古"九三"学社领导人，内蒙古数学会理事长。1998年退休。

陈杰先生十分热心社会活动，特别对内蒙古的教育事业，倾注了许多心血。在自治区政协工作的10年中，他经常到基层调查研究，了解民情，对存在的问题不回避、不绕圈子，坦诚直言，提出批评和建议。

1987年，在全区支边知识分子座谈会上，陈杰先生突出强调了支边知识分子的地位和作用以及自治区稳定人才、吸引人才的政策问题等，受到了与会代表的热烈欢迎，为自治区人才稳定和政策研究提供了很好的参考意见。

记者采访时，陈杰先生七十有六，耳不聋、眼不花，依然注重学习，关心时事政治，经常参加体育锻炼。他心情开朗、乐观豁达，尤其是他爽朗大笑时，像是灿烂的晚霞，富有感染力和穿透力，让你久久不能忘怀……

背景材料之五：从1960年到1976年，是中国历史上一个极为特殊的时期。三年自然灾害之后是"四清运动"，再后是"文化大革命"。这一时期，中国的国民经济遭到了严重破坏，几近崩溃，内蒙古也不例外。但这一时期，支边知识分子的队伍一直在扩大。他们中的不少人或因家庭出身不好、或因海外关系、或因本人政治上说不清道不明的各种各样的问题，来到了内蒙古。他们中绝大多数人没有沉沦，面对塞外的雨雪风霜、政治漩涡，勇敢地挺起了自己的胸膛，直面人生。

人物素描之七：1999年冬天，林干先生出访匈牙利，作为特邀学者，他出语惊人："匈奴人是匈牙利人祖先之一。"

林干先生高高的个头儿，戴副眼镜，脸色红润，性格爽朗乐观。谈话时，有一种峭拔的幽默和孩子式的调皮，他具有的知识魅力和人格魅力不知倾倒了多少后辈学子。

他1916年3月出生于广东新会县，少年时喜读经史，1945年毕业于贵阳大夏大学法律系。后放弃了法学，专攻少数民族史。1957年调入中国科学院历史研究所专门从事北方少数民族史研究。1961年春天，林干西出塞上，在呼和浩特安家落户，这一来就是40年。

林干先生回忆支边初期的生活时说：刚到内蒙古时，一切都陌生得很。从工作、生活条件到治学条件都差得很远，比我原来想象的还要差，尤其广东人到这里来，一下子很难适应。不过，条件虽然十分艰苦，但蒙古族兄弟豪爽热情，对我特别好，他们帮我刷房子、搬家具，各方面都照顾得很细微。搞北方少数民族史，在内蒙古有最好的氛围和环境。这一点，北京是比不上的。

可是好景不长，"文化大革命"开始了。我们那一代知识分子，大概命运都差不多。"文革"一起，知识分子由不被重视转向了政治上被歧视。我被打成了"反革命",关了5个月牛棚。虽然没怎么挨打,但我老伴儿被打得够呛。孩子正在上中学,也跟着我们倒了霉,受到冲击。后来,我的家也被抄了,不少资料图书毁于一旦,十分可惜。"四人帮"倒了,落实政策时,我的损失也没赔够。后来,我一想算了,因为当初不是哪一个人要和我过不去,而是由于运动造成的。风雨过后艳阳天,应该把劲儿用在事业上。这一想,就开始通了。

数十年来,林干先生致力于中国古代北方少数民族史的研究,共发表50多篇论文,出版专著14部,可谓硕果累累。代表作《匈奴通史》、《突厥史》、《东胡史》三书完成了古代北方少数民族三大系统"学术工程"的构建,分别获得国家教委"首届人文社科研究优秀成果"一等奖、"中国图书奖"二等奖,内蒙古自治区"第三届哲学社会科学优秀成果"一等奖。《中国古代北方民族史新论》、《内蒙古民族团结史》两部著作先后荣获全国"五个一工程奖"。

由于贡献突出,林干先生1990年成为享受国务院特殊津贴专家、全国民族团结先进个人,被国际蒙古学会主编的《国际蒙古学家传略》和土耳其出版的《世界突厥学专家传略》收入。1985年他当选为内蒙古政协委员,1988年当选为第七届全国人大代表,同年担任中国民盟中央委员,直到1990年离休。

林先生离休之后,仍然笔耕不辍。他说自己的座右铭是"夕阳无限好,不怕近黄昏"。除读书写作,还指导博士生的研究工作。

1999年冬天,林干先生应邀参加匈牙利国际学术讨论会，以"关于中国匈奴的西迁及其与匈牙利族源关系的探索"为题作了长篇学术演讲。他认为匈奴人是匈牙利人的祖先之一，从而澄清了长期以来史学界悬而未决的匈牙利人族源问题。

83岁高龄取得这一成果，的确不易。这同他长期的积累分不开，更同他老当益壮，勇于探索创新分不开。

记者采访时，他仍兼任内蒙古社会主义学院名誉院长、中国蒙古史学会理事、中亚文化研究会理事。仍在为事业、为工作忙碌着。这种人格精神的内核是基于他对中华民族的热爱，对内蒙古这一片土地的眷恋。

人物素描之八：王仁定斩钉截铁地对批斗他的造反派说："就是太阳从西边出来，黄河水倒流，我也不是'内人党'！"

采访王仁定老师时，他刚从自治区人大法工委主任的位置上退下来。

他是1960年上海华东政法学院法律系毕业生。他们那一届学生同来内蒙古支边的共有16人，王仁定是其中之一。

他是安徽人，1935年11月出生于太湖县一个书香门第。王仁定自幼喜欢文学、绘画，曾画得一手好丹青，写得一手好诗歌。来到内蒙古，他先是在伊盟达拉特旗旗委宣传部工作，1962年被下放到达拉特旗二中，离县城30公里的一个叫白泥井的地方当教师，教政治课。1973年国庆节后调至《鄂尔多斯报》社当记者、编辑；1979年调入伊盟盟委宣传部，1981年调入内蒙古大学法律系任教，1983年7月调到自治区人大法工委任副主任，后为主任，主要从事地方立法工作，共达17年。

王仁定是一个意志非常坚强的人，在白泥井达旗二中当教师时，先后教过初中、高中，代过政治、俄语、语文等课。那时候，正是共和国最艰苦、政治风浪最激烈的时候，他却在政治高压之下，勤勤恳恳，教书育人。

我曾在该校读书两年半，不断听说王老师的趣闻轶事。一是文革批斗"黑帮"、"内人党"时，王老师受尽了欺凌和侮辱，造反派逼着他承认自己是"内人党"，还要他揭发别的"内人党"，他说："别人是不是'内人党'我不知道，反正我肯定不是。黄河水倒流，太阳打西边出来，我也不是！"

这一答复震惊全校和全白泥井地区，后来在达拉特旗广为流传。无论是学生还是其他社会成员，皆为老师的态度所折服，其坚持真理，实事求是，无私无畏的人格精神令当时的造反派们也十分害怕。

二是1964年，王老师教学之余，学习种田，他种出的玉米穗大籽圆，比农民种的玉米产量都高，让当地农民佩服之至。他们惊讶：王老师矮小的个头儿，一介弱不禁风的书生，何以种出那么好的玉米，实在稀奇！

其实，对于一个有志者来说，越是逆境，越能锤炼自己，这是中国古代知识分子人文精神的延续。除了教学、种地，王老师的读书写作生活也是从那时开始的。他1963年便发表作品，既写理论文章、杂文随笔，也写散文诗歌。1973年，他先后在白泥井写成了长诗《教师之歌》、《黄河古渡》，发表于《鄂尔多斯报》，在读者中引起强烈反响。人们称颂的不仅是王老师的文学才华，对他勇于歌颂教师，追索光明与真理的精神更为感佩。当年，他调入《鄂尔多斯报》，成为一名职业记者、编辑。

我曾惊异于王老师干一行就是这一行的佼佼者，问他为何，王老师微微一笑说："从哲学意义上讲，一个人放在某种环境，能够有多少条件，就要学会利用条件，充分发挥自己的主观能动性，用不着怨天尤人。这样，才能使自己增长知识和才干，同时，锻炼自己的意志品格，做一个真正的强者。"

人物素描之九：1959年，面对父母断绝关系的呵斥，贺勤说："到内蒙古我是铁了心。因为我的恋人是蒙古族，爱他就应该爱他的家乡。何况，气象事业，哪儿都能干出名堂来。"

1997年3月，一个春雪飘飞的日子，我在东胜市伊盟气象处的办公楼里，第一次见到了马上就要退休的高级工程师贺勤。

这时的她患有多种疾病，尤其是糖尿病的折磨让她痛苦不堪。然而，一谈起事业，她就神情昂扬，行云流水一样地给我介绍伊盟的气候特点、气象预报的科学规律、复杂的预报过程等等。谈及家庭和孩子时，她十分动情地说：几十年了，我给他们的太少了……后来，她又讲远在山东的父母亲，讲儿子的许多具体事。几次泣不成声，让我心里也跟着难受了好一阵子。

贺勤1936年12月生于山东日照市，成长于青岛，1959年毕业于北京气象学校。她是父母惟一的女儿，本来可以顺理成章地到济南或青岛工作，但因为恋人付万国是内蒙古人，所以她不顾父母亲的反对，在分配志愿表上毫不犹豫地填上了"内蒙古"几个字。之后，她坐着西去的列车来到了呼和浩特。严寒的天气，卷着沙粒的狂风，还有吃不惯的莜面土豆等等，对这个生长在大城市的姑娘确实是一个严峻的考验。可她没有退缩，她要顽强地待下去，她要干好自己的事业，她要做一个强者。

她先被分配到内蒙古气象学校当教师，两年之后，被调至乌盟气象处工作。不久，"文化大革命"开始了。她丈夫付万国因是蒙古族，在挖"新内人党"的过程中，自然难以幸免，贺勤也受到冲击，被管制和批斗。

她虽然百思不通，但仍惦记着工作，默默地干着自己该干的一切。

1969年，贺勤同丈夫一块儿调入伊盟气象台工作。伊盟地区当时普遍贫困落后，工作条件差，自然环境恶劣，一年中常有半年刮风。黄沙起时，遮天蔽日，刹那间，天地失色，只有风像苍狼一样号叫。所以，当地人称伊盟是天苍苍，野茫茫，只见沙子不见羊。

有了可干的工作，贺勤就什么也不在乎了，山东人火辣辣、敢玩命的性格在她身上得到了体现。安顿了家之后，她很快便搞起了短期天气预报工作。当时，台里搞预报工作的只有四人，且由于"文革"的破坏，没有搞长期预报，而贺勤坚信长短结合是做好一个地区气象预报工作的重要前提。于是，她便利用业余时间搞长期预报的研究，统计了大量资料，积极分析预报指标，制备预报工具，这一干，就是八个年头！

长期的积累为她的研究奠定了良好的基础，可她也为此付出了许多代价。由于一个人干两个人的活儿，无暇料理家务，她每星期只做两三次饭，一吃就是好几天。三儿子那时不满周岁，贺勤上班时就把他抱在办公室，用两条长椅对在一起给孩子当床。孩子熟睡后,她便开始挑灯夜战。这种生活整整持续了两年。

作为一个气象工作者,1973年,伊盟发生的一件大事深深地震撼了她。那时,她才真正意识到周恩来所说"气象工作者是保护人民的"那句话的分量。

事情的起因是这样的:当年7月17日,鄂尔多斯高原的罕台川下了一场罕见的大暴雨,疯狂的山洪暴发后,顷刻间吞没了川内的行人、车辆、牲畜……仅东胜市就有16人丧生,其中有一家四口人同时被洪水夺去生命。

降雨前,贺勤虽作了预报,但只报了雷阵雨,量级也报小了。事件发生后,她望着为死难者送葬的人群,内心无比歉疚和痛楚,禁不住泪如雨下。

从此,贺勤立志要把鄂尔多斯的大雨、暴雨作为研究课题和主攻方向。接着,她一遍又一遍地查阅1957年建台以来的天气图表,统计各类数据,绘制各种图表;同时,她一有空就到下边的站点收集资料,掌握精确数字,几乎跑遍了分布在全盟的气象台(站);另外,她还积极向别的省区发出一封又一封信件,索要气象数据和资料,进行分析研究。

那些日子里,她的脑子里除了暴雨就是沙漠。到北京参加课题论证会时,她把自己的任务用晚上的时间完成,白天钻进国家气象局图书馆如饥似渴地查资料,找数据。

经过多年的探测与研究实践,贺勤先后完成了《西北地形小高压与伊盟天气》、《内蒙古西中部地区的暴雨及其预报》等40多篇论文和技术总结报告,记了近30万字的学习笔记。特别是花五年多时间完成的《毛乌素沙漠是世界沙漠暴雨中心》的论文,在国内首次提出了倒"L"型高压是内蒙古中西部暴雨产生的有利天气形势,在内蒙古中西部暴雨的中尺度分析上填补了空白。

这一研究成果,《人民日报》、中央人民广播电台等国内八家媒体进行了报道,同时,香港和澳门的报纸也作了转载。

概括地讲,贺勤数十年的研究工作主要体现在五个方面:一是研究了倒"L"型高压南侧的横切变是内蒙古西中部主要降水影响系统;二是制作了不同于国内外大暴雨(雪)的落区方法;三是证明了毛乌素沙漠是世界沙漠暴雨中心;四是证明了鄂尔多斯高原是华北、东北大部降水特别是大雨、暴雨的发源地和增雨区之一;五是研究了毛乌素沙漠变迁与气候的关系。

利用这些研究成果,贺勤在1984年4月下旬,提前48小时作出了将有强风强寒潮的警报,使几十万人、上百万头(只)牲畜在这次八级到九级短时十一级大风,气温骤降10多度的天气变化中免遭更大的损失。

1985年8月23日,贺勤准确地作出了24小时到48小时内将有一场大到暴雨,局部地区降雨量超过100毫米的预报。由于预报及时,使这场新中国成立以来同期从未有过的大暴雨可能造成的各种损失降到最低程度。

从1978年到1989年的11年中,她的短期预报的准确率,有9年达到上级部门规定的一等奖标准,两年达到二等奖标准。因多次预报出重大灾害性、关键性天气,上级有关部门为她记功一次,记大功两次。

这些成就的取得,靠的是对党和国家的事业的忠诚,靠的是忘我的劳动。贺勤长期患糖尿病、高血压、心脏病,一直带病坚持工作。20世纪70年代后期,她两次摔伤了腿，没有痊愈，就拄着拐杖上班，或让儿子用小车推着上班，导致右腿骨折畸形愈合，形成创伤性关节炎。但她照常加班加点赶工作。谈及这些时，贺勤有些伤感地说：尽管在事业上我可能算个成功者，但却是一个不孝的女儿，父母临终时没能回去看一眼；作为妻子，没能很好地关心丈夫；作为母亲，两个儿子的婚礼都没给张罗；作为奶奶，又很少去疼爱小孙女。

是的，贺勤牺牲了许多常人的天伦之乐。数十年如一日，魂系蓝天，勤奋工作。除了自己的研究课题外，她还十分注重人才培养，在她的带动下，伊盟气象处科研人才形成了一个群体，不少人已成为科研和技术骨干，成为出研究成果的后起之秀。

由于贺勤在气象事业方面的特殊贡献，1980年以来，她先后获省部级科技进步奖三次，厅局级科技进步奖九次，全国气象系统劳动模范一次，全国"三八"红旗手一次，内蒙古"三八"红旗手及女状元六次，全国"十大女杰"提名奖一次。

退休之后，她仍住在伊盟气象局宿舍。她说："我的付出和收获是成正比的，作为一名从山东到北京又到内蒙古来的支边知识分子，我对自己当初的选择和后来走过的路无怨无悔。"她深爱着自己的第二故乡——内蒙古，深爱着养育自己30多年的鄂尔多斯人民，她的灵魂和深沉的情感永远系在了这片古老而又富有魅力的土地上。

"双拥"模范王卫东

——一个军人的追求

"双拥"的锣鼓最早是从延安枣园敲响的。

半个多世纪以来,我们的军队,我们的干部群众仍然高举着"双拥"大旗,共同谱写着"拥军爱民"和"拥政爱民"的新的动人篇章。

赤峰军分区副司令员兼红山区人武部部长王卫东就是出类拔萃的一位。从军30多年来,他始终脚踏实地,恪尽职守,廉洁奉公,为党和人民的利益无私忘我地奋斗,是"双拥工作先进个人"、"优秀共产党员",2000年时荣立一等功。他所领导的红山区人武部,历年来先后获得奖旗、奖牌、奖状共208个,取得各类比武竞赛冠军62个,被北京军区首长誉为"人民武装部的楷模",他本人被誉为践行江总书记"三个代表"重要思想的一面旗帜。

他说:"作为一名军人,要时刻肩负起保家卫国的职责。要以责任心做工作、进取心干事业、平常心看地位。"

王卫东是共和国的同龄人。

他有1.80米以上的个头,站在那儿就像一座塔。朴实憨厚,眼神中时时透出一种执著、正直和善良。

1986年3月,他由赤峰松山区人武部调任红山区人武些干部战士的思想波动。一时间，风凉话不断，什么人武部是"降了格儿、减了钱儿、换了牌儿"；"到了武装部，脱了黄棉裤"等等。另一方面，由于经费困难，武装部的工作怎样开展，出现了不少新问题。这不，为了弥补经费不足，武装部把临街的七间平房租给了个体户，开了家录像厅。每天看录像的人进进出出，好不热闹。

观察了一段时间，王卫东敏锐地意识到：出租办公用房虽然为武装部带来一些收入，但却有损于武装部的事业发展，还会对干部战士的思想带来消极影响。于是，他果断决定，收回录像厅，改放国防教育录像片，通过声像教育青年树立强国强军观念，进而加大爱国主义教育的力度，更好地体现武装部在和平时期的历史使命。这一招，引起了许多人的兴趣，渐渐地，青年人的兴奋点转移了，精神面貌开始变化了。1987年，王卫东的做法引起了红山区原区委书记的注意，索性把思想政治教育和国防教育的会开到了武装部，既肯定了王卫东的创新精神，也推动了思想政治教育工作的发展。到目前为止，已有30万人次在这儿接受了教育。

1988年6月，红山区委召开了一次常委扩大会议。公安局的负责同志针对青年农民进城打工引发的一系列问题，为难地说："农民进城，不犯法，公安管不着，轻微犯法，街道管不了。"听到这儿，王卫东立刻接过来说："这件事可以交给我们管。青年农民进城打工，是改革开放的新事物，也是民兵工作的新课题。只要他们在一个地方固定待几个月，武装部就可以把他们组织起来。"

散会后，王卫东就和武装部的同志们深入到用人单位，查。然后采取单编、合编、混编的方法，建立临时民兵组织，实行半军事化管理。遇有休息时间，人武部干部就上门组织民兵看录像、唱歌曲、打篮球和台球等。几个月后，这支劳务大军组织纪律性明显增强，既保证了各类工程质量，也稳定了社会秩序，还填补了民兵组织建设的空白。由此，王卫东说：要想让武装部工作有地位，我们就必须要有作为；要想有作为，就要有创新。

1998年，由于各种因素，赤峰市23家企业破产，6万多职工下岗。一时间，个别工厂出现了哄抢东西的现象。王卫东得知这一情况后，立即通过民兵信息管理系统，抽调各类民兵成立了护厂队。最少30人，最多达100人，昼夜在各厂区巡逻检查，看护产品和其他资产，最大限度地减少了损失，维护了安定团结，受到了社会各界的好评。

在拥政爱民方面，王卫东是这样做的，那么在拥军爱民方面呢？为了适应未来高技术战争参战之前的需要，王卫东和人武部的同志们在长达三个月的时间里，跑遍了城区近百个编兵单位，对赤峰地区的国防潜力做了深入细致的调查研究，整理了高科技人才、物资储备、保障能力等大量资料，制作了数千份图表，编成程序输入微机，并制作成光盘存档，使之便于保存和战时携带。他还组建了赤峰地区第一批通信、防化、气象、医疗救护、工程维护、交通运输等民兵专业技术分队，并且开发了民兵工作管理系统软件，实现了指挥自动化、作业模拟化、演示光电化、设施标准化，具备了作战模拟演示、兵员储备、后勤保障以及应付突发事件预案等功能。另外，还筹资建起了人武部工作局域网络，与各基层武装部实现了电脑联网，基本上达到了指挥、教育、训练自动化和网络化。

作为一名"老"人武部长,他在这个位置上没挪窝地干了十几年。有人说:"王部长干得那么好,早该提拔了。"王卫东却哈哈一笑:"干事业不是为了当大官儿,党组织给我的已经够多了。"2000年,这位多年的正团职干部,被提拔为赤峰军分区副司令员。

他说:"入党时的誓言不能成为一句话,作为一名共产党员要经常记着她、思考她、反省她,以实际行动不断修正自己,兑现人生的诺言。"

王卫东是赤峰市松山区碾房乡柳条沟村人,幼年丧母,少年失怙。也许,正因为如此,他对养育自己的土地和乡亲,对党和国家都有着格外深厚的情意。

7岁那年,他开始一边放羊,一边读书。他说:"那时候穷,放羊时,脖子上挂块小黑板,常常一边放羊,一边用石笔在黑板上写字。"1963年,他在离家30多公里的一个叫初头朗的地方上了初中,国家每月发12元助学金,享受的是孤儿待遇。除了这些,他还接受过许许多多的人的帮助。1964年他入团,先后当过班长、团支部书记、校学生会主席。为的是啥?一个朴素的想法是:好好学习,长大后成才,回报国家和人民的养育之恩。

1968年,他报名参了军,第二年便入了党,是全连新兵中的第一个。这时候,他的思想发生了质的飞跃,那就是:既为党的人,就要按党的要求和规矩去做,全心全意为人民服务,为共产主义理想的实现奋斗终生。

1994年,为了拥政爱民,支援地方经济建设,王卫东开始帮扶红山区贾家营子村。当时,这个村尽管地处城郊,农民人均年收入才只有1200元。王卫东经过一段调查研究，发现市场建设滞后，农民的商品观念不强，产业结构有问题。于是，一有时间，他就泡在了村里，走东家，串西户，了解情况，分析问题，查找原因，寻求出路。在不久之后，他发动带领群众建起了一个大型蔬菜批发市场。该市场现在年交易额3亿元，年利税420多万元，农民人均年收入上到了3800元。一个小村庄，干了件大事情。至今，贾家营子全村百姓还念念不忘王部长所付出的辛勤汗水。

人是要有点精神的。特别是共产党员，更要讲党性原则，只有奉献的义务，没有向党和人民索取的权力。熟悉王卫东的人都知道，他的生活异常简朴，花一分钱都十分仔细，每月发了工资都要和爱人订出家庭财政计划，没有特殊情况，绝不超支。然而，当救灾捐献活动开始时、当朋友亲戚甚至陌生人遇有难事缺钱时，他却毫不吝啬，几十、几百、几千元地往出拿。仅这10年来，他捐出去的钱物就达2万元。

2000年时，他的家乡柳条沟村因严重旱灾，乡亲们的日子过得很艰难，而学校校舍破旧，又亟待翻修。王卫东听说后，当即给村委会送去了5000元，并且说："钱不多，但是我自己的。希望你们把学校盖好，让孩子们亮亮堂堂地学习。"

从1996年开始，王卫东就确定了一个扶贫对象，帮扶一名学生上学，目前已临近高中毕业。几年来，累计捐助学费1400多元，粮食1200多斤。这方面的故事多得很，还是王卫东那句话，一个共产党员的行为，一点一滴都要为党旗增辉，不要让诺言成为虚话假话。

他说:"领导干部必须要'脸',因为脸是名声,脸是形象。不能让人民群众看到扭曲变形的脸。"

提起王卫东的严于律己,简直有点残酷。

作为红山区"双拥"共建办公室主任,多年来,他安置了上百名随军家属,又送走了近两千名新兵,但就是不给家里人办事。

妻子王玉玲很长时间工作在松山区农机公司,离家10多里,每天上下班骑一个多小时的自行车。夏天还好,寒冬腊月一个女人家遭罪就多了。为此,王玉玲多次提出换个离家近点的单位,可王卫东就是不答应。1997年8月的一天晚上,区委、区政府领导到人武部家属楼慰问,直到8点多,才见王玉玲喘着粗气往楼上扛自行车。区长刘廷瓒问及原委,王玉玲有些委屈地说:"我刚下班往回赶",泪花在眼眶里直转……

几天后,刘区长找到王卫东:"你不顾家也不能让玉玲成年累月这么跑哇!有困难就应该告诉我们。"

之后,刘区长和领导们瞒着王卫东把王玉玲调到了离家较近的单位。就这样,王玉玲风里来雨里去跑了14年。

儿子王旭初那年参加高考差17分没能进大学,想补习一年再考。可王卫东却说:儿子条件不错,是个当兵的料。于是,动员儿子报名参军,在全部征兵条件合格后,他把儿子送到了军营。

三年服役期满,儿子回到了家乡。有的局领导主动找王卫东:"孩子干得不错,又是党员,到我们局吧!"王卫东横竖不答应:"那么多退伍兵没安排,凭啥先安排我儿子。"回到家,怕儿子有想法,王卫东做工作说:"儿子,路是人走出来的,自己的前途靠自己闯。"

一年多以后，赤峰市公安局考录干警，儿子凭着共产党员过硬的个人素质，被录用参加了工作。

再说住房吧。1988年，王卫东跑前跑后为人武部盖了一栋宿舍楼、一栋办公楼。分房时，本来他可以住四室一厅，但说一千道一万就是不住，最后要了一套营职干部的房，70多平米。许多人笑话他太傻，他却说："三口人住，哪能用了那么多房。"这套房子，至今他还在住着。

在武装部工作多年，大大小小的工程，前前后后王卫东曾领导过九项。1995年，担任防洪坝总指挥时，项目经费达1200万元。一天，包工头拎着皮包上了门，说："把工程给我做，保证你后半辈子有花不完的钱。"王卫东不动声色、平心静气地回答道："花公家的钱和我自己的钱一样，一分一厘都要整个明白。至于我自己，要那么多钱扎手！"

大钱不收，小钱王卫东也不收。1998年，红山区人武部盖宿舍楼时一家建筑公司中了标，一年后，工程完工。虽然公司没挣到多少钱，但经理依然感谢王卫东，因为该项工程获得了省优。另外，施工人员的作风明显有了改进。于是，这位经理带了两瓶好酒上门答谢王卫东。也巧，正好王卫东外出，妻子没下班，来人写了一张条子就将酒留了下来。王卫东回来后，看到了酒和纸条，二话没说，拎起来骑上自行车就找送酒人。当晚，不知敲错了多少门才把酒退了回去。

拒礼的次数一多，邻居和同事们绕口令似的传开了一句话："有的领导是看见有人带东西上门才让进，王卫东是看见有人带东西上门就不让进。"

拒礼的次数一多，就免不了得罪人。而王卫东却说：

"一个党员领导干部怎样才算讲感情？你来我往、送礼送物是讲感情吗？利用党交给的职务搞权钱交易，违反原则办事是讲感情吗？我认为不是。"

"组织上把我放在了这个岗位，不是让我谋官图利，是给我提供了一个为党和人民奉献的舞台。所以，要时刻把自己摆在一个党员领导干部的位置上，牢记党的宗旨，才不会在金钱、地位上患得患失。"

是的，几十年来，王卫东之所以能够为"双拥"工作作出突出贡献，不独因为他的进取心和事业心，还在于他的共产主义道德精神。正因为如此，他才成为一名真正的"双拥"模范，才在社会主义市场经济的大潮中显示了一名军人、党员领导干部的时代风采！

种树汉子屈来存

——一个农民的愿景

共产党员屈来存是包头市固阳县卜塔亥乡小石拐村人，1946年生。20世纪90年代以来他先后成为自治区、包头市劳模，固阳县优秀共产党员、植树造林标兵。

在那并不遥远的岁月，后山地区曾经水草肥美，但在屈来存的记忆里，这块生他养他的地方始终荒凉，历史和现实的落差孕育了屈来存一个绿色梦想。

小石拐村是个只有19户人家的自然村，隶属于牛场梁行政村。这个村紧靠着一条季节河——艾不盖河，宽处有一里多，它从蒙古高原蜿蜒流来。很多年以前，它还四季清流，随着两岸生态环境的恶化，这条河干涸了，只有在雨季时泛滥洪水。多年来，沿河各村的人只受害不受益。周围的山是光秃秃的和尚山，别说长树，草都难长，每到春天，一场又一场沙尘暴能把草连根拽起，即使雨量充沛的年头，耗子在草里跑也露脊梁。沟是荒沟，也没有树，草也绝少，兔子进去不拉屎。可以想象，仅靠种点旱梁地的老百姓日子有多艰难！

"文革"前夕，屈来存初中就要毕业了，一个星期天，父亲望着这个血气方刚的年轻人说："来存子，念了九年书了。咱们村缺个队长，大伙的意思你有文化，回来挑个头，你愿不愿意？"屈来存倒坐在炕上，想了想说："大，你定吧，我听你的话。"父亲一边扣过烟锅敲烟灰，一边说："好小子，那就回来干出个样儿！"

　　回村第一年，屈来存当组长，又一年，他当了队长。很快，他便成了锄耧割耙、碾场耕种、挑渠送粪的好庄稼把式，并且在村里很得人缘。1976年他加入了中国共产党。这年秋天，望着满眼的荒山秃岭，他萌生了植树造林，改变乡村生存环境的想法。于是在绵绵秋雨中，他领着人在艾不盖河湾的低洼处种了一片树。有人笑话说："来存子，咱村祖宗八辈儿也没栽过树，你不是瞎子点灯白费蜡！"

　　屈来存憨实地笑了："祖宗不能干，我们就不能干？"说完，他领着人照干不误。第二年开春，那些树开始发芽泛青，长叶抽枝，不几年便成林成材。现在，那片林子里长出不少参天大树。可惜，由于各种原因，他担任生产队长时造林计划没能完全实现，以致后来走了另一条造林路……

　　为了种树，屈来存全家五口人用两块钱打发了1985年的春节，而且债台高筑。为此，妻子气得走了娘家。

　　1978年冬天，党的十一届三中全会之后，固阳县农村逐步开始推行"家庭联产承包责任制"，到1983年，分田到户，大承包已成定局。这一年，屈来存37岁，已有了一个女儿，两个儿子。望着一天天长大的孩子，他突然意识到了自己肩上的责任。他对媳妇儿说："芳树，做男人一辈子总要干点事，我想拦河澄地，种草植树，林粮间作。你看咱们生活的这环境，灰漫漫的，树没树，草没草，一年到头旱地里刨食，没出息。你能不能支持我？"贤惠的妻子脱口而出:"干哇,你是掌柜的,你定的事儿我能不支持?"

妻子一支持,屈来存心里有了底。入冬以后,在乡领导和信用社的支持下,他贷了两万元款,又变卖了大部分粮食,筹好了第一笔投入的资金。1984年春节刚过,村里的人还没从年梦里醒来,他就扛起锹下了河滩,开始铲第一条洪水渠。

正月过去了,他的渠有了一点形状;二月过去了,他的渠背有了1米高……五月到了,正是风和日丽时,屈来存对妻子说:"芳树,你也出来搭把手吧,很快就是雨季了,这条渠修起来,今年就能引洪澄地,明年就能种树苗,要不,错过时间一年又完了。"

芳树没说话,点了点头。第二天,凌晨四点,就和丈夫一块下地铲渠。渠背一天天高起来了,可距离目标还很远,屈来存着急了,想雇两个帮手,又一想,五月里家家户户忙,上哪儿找人去?一咬牙,他从家里拿了一件白茬烂皮袄,吃住在渠上。挑渠挑得累了,就在渠背上盖着烂皮袄躺一会儿,醒来后接着干。河滩离家只有1里路,他却连着半个月没回家。可是不几天屈来存就瘦得脱了形,脸黑得像包公,眼睛红肿得像蜜桃。一天,放羊的汉子过来了,见了屈来存吓了一跳:"来存子,你不要命啦,人家是包产到户种地致富哩,你是农业学大寨倒贴了。这地方要能栽起树,那不是尿盆里生豆芽——出奇啦?"

屈来存一乐,两眼笑成一条缝,打哈哈说:"那咱们就试试,看看能不能出奇。"

的确,那阵子,屈来存累到了极限,甚至身子都站不稳了。无奈,他又雇了推土机,连推坝带铲渠,这样,到雨季时,总算实现了第一步目标,澄成了一部分地。

眨眼间，冬天又到了。信用社的贷款要还，明年的澄地资金要筹备，一家老小的生活要安排，花钱的地方太多了！看着贷款期限一天天临近，他真愁得慌。兄弟姐妹、亲朋好友纷纷出手相助，这个三百，那个五百，凑来凑去，只有八千元。屈来存只得出去高息借来两万元，连本带利先将信用社的贷款还上。

　　1985年春节，屈来存手里只有两块钱。妻子儿女新衣服没添，鞭炮年礼没买，只用这两块钱买了两张红纸，写了几副对联；买了两盒0.15元的"绿叶"烟，用来待客。年三十晚上，妻子背着孩子直掉眼泪，屈来存却没事儿人一样，安慰说："穷是暂时的，既然这辈子你跟了我就不要后悔伤心。人过留名，雁过留声，咱是共产党员，我就不信治不了河滩。明知锅是铁的，我也要钻它个眼儿！"

　　正月初六那天凌晨，天还黑洞洞的，屈来存就从热炕上坐起，怕惊醒妻儿甜美的梦，摸黑穿好衣服，轻轻推门走到院子里，扛起锹镐又上了拦河工地，开始了日复一日的铲渠。过了一段时间，他觉得一个人干实在太费劲，就回家又动员妻子："芳树，家里的活儿搁一搁，再和我上工地哇。"他满以为妻子会答应，却不料芳树没给他好脸："你一个人赔上还不够，还要遭害我们娘母四个呀?!"

　　屈来存不解："咋就遭害哩？"

　　芳树一把鼻涕一把泪地数落他："打从去年开始，你背了一屁股债不说，家里有甚卖甚，穷得眼看就要砸锅卖铁，一分钱的利见不上，你还要折腾。你出去访一访，谁家两块钱过年？谁家大人娃娃不是一身新衣裳，惟有你屈来存，老婆娃娃过年身上没有一根新线，你不嫌丢人我还嫌！"

　　屈来存也有些气："我不偷不抢，干得是好事正事，穷一点怕甚了,慢慢就好了。怪不得打从过年你就对我冷凉寡淡,原来是嫌我折腾。"说完就带着一肚子委屈倒拖着锹上了工地。这边芳树一狠心,领上大儿子,背上小儿子就回了娘家。女儿一看,立刻失声痛哭,掉头就跑,上工地找屈来存回家留住娘。没想到,屈来存的倔脾气也上来了:"让她走,越远越好,我就不信死了王屠夫,还要真吃连毛猪!"

好在女儿已经懂事,安慰父亲说:"大,我不走,我给你做饭打扫家。"一句话说得屈来存满脸都是泪,他摸着女儿的头说:"丽丽,不要怕,天蹋不下来,等干好了,大和你一块寻你妈去。"

第二天,他照旧到工地,除了铲渠就是侍弄树苗,碰上雨天就领着女儿到附近的荒山点种柠条。"五一"以后,他种下的树长得有一尺多高,叶子绿绿的,十分招人喜爱。再一算,妻子离开已有两月,该去请她回家了。于是,选了一个大晴天,屈来存把自己拾收得干干净净,骑上自行车,带上女儿,去了丈母娘家。一进门,芳树正在喂猪,瞪了他一眼:"你来干甚了?"

屈来存满脸堆笑:"芳树,我来接你回家。咱们的树全绿了,也长高了,不信你回去看看。"

芳树靠在猪圈墙上,长吁了一口气:"你个活鬼,看看你那头脸,还知道往回寻我呢!"

后来,白芳树说:"我们成家30年,从来没红过脸,那是惟一的一次。本来光景过成个那样子,他还不回头。所以,想用这办法拦着他继续干。不曾想,不但没拦住,后来他把事儿又干下那么大!"

1988年7月26日，洪水推走了屈来存的坝，差点连大儿子屈平也推走。屈来存抱头痛哭一场，半个月后，又开始筑坝修渠，结果又被洪水冲垮。为了还债，他掏炭砸坏了腰，淘金路上跌断了三根肋条。

1988年雨季到了。这个时候的屈来存，最怕突然而来的洪水冲垮堤坝和水渠，一旦有闪失，几年的心血就付之东流。然而，房漏偏遭连阴雨，7月26日，接连两天暴雨之后，山洪像脱缰的野马一样冲过来了……屈来存上了第一条坝，仔细察看着坝体。第一次洪峰挡住了，他正暗自高兴，第二次洪峰眨眼之间就以高出前一次洪峰1米多的水势奔袭而来，他一看不好，扔下锹撒腿就往岸边跑，上岸后，喘息未定，一个浪头过来，扑了他满嘴羊粪，摇了摇头再看刚才的坝，深入河心的那100多米已无影无踪，坝外2米多高的60亩杨树刹那间就随洪水流走，10亩成材的榆树也被洪水夺走了一半。惊魂未定，突然紧靠北面第二条坝的岸边，有人高喊："来存子，你在哪？快点过来看你儿子！"

屈来存一下子慌了，抬头看第二条坝，也被水冲得差不多了。他已顾不了许多，15岁的大儿子屈平在第二条坝上看水情，此刻，是死是活不知道，他撒丫子就往北边跑，边跑边哭着喊："平平，你在哪儿？"

平平应答着："大，你不要怕，我跑上岸了。"听到儿子的声音，屈来存提在嗓子眼儿上的心突然放了下来，顿时疲劳四散、紧张四散，一下子跌坐在地上……儿子跑过来扑在他怀里就哭，父子俩抱着头任泪水长流，耳边是沉雷一样的洪水声……

洪水退去后，屈来存看着被毁的坝和树以及100多亩良田，心里在滴血。妻子劝他："为打坝，儿子差点没了命。以后别干了，安安稳稳过咱的日子哇。"

然而，第三天，屈来存又开始动工筑坝。这一次，全家五口齐上阵，仅用了半个月，两条坝就又修起了。谁想，修完坝的第10天头上，又是一场洪水出现在他眼前，坝垮了，田毁了，新栽的200多棵杨树又被冲走了……

一个月内连遭两次打击，屈来存真有些顶不住了。他发现，要想制伏洪水，必须加固坝体，仅靠人力是不行的，必须上铲车、推土机一块作业，才能解决根本问题。可是雇车要钱，钱从哪儿来？

几年的工夫，他已借了不少钱。记忆当中，一年四季，隔三差五，不是向人借钱，就是给人还钱。这个三千，那个两千，到期还不上，就再拆东墙补西墙。旧债没还完，新债又欠下，屈来存心里直发毛！

罢！罢！活人不能叫尿憋死，到了这份儿上再退坡，让全村人咋看？决心一下，他又一次向自己挑战，卖掉了20多石口粮，20多只羊，一口大猪，开始重振旗鼓。这一下，家里几近赤贫。不过，屈来存是条百折不挠、愈挫愈奋的硬汉子，卖光了家当他什么也没有说，闷头又开始修渠打坝。筑坝的钱用完了，心一横，他到伊盟罕台一家煤窑下井挖煤，他一口气挖了三个月，直到有一天，他的腰受了伤才罢手。

煤窑的钱挣得太危险，他开始寻找别的能赚钱的行业。人说淘金不错，他就出去起早贪黑和人合伙干。有一天，他着急慌忙要去上班，骑着自行车半路上摔了一跤，上半个身子疼得有点不对劲儿，到医院一拍片，医生说肋条断了三根，建议住院治疗。

可屈来存买了一点止痛片就回了家。那几个月,他一天没休息,干不了重的就干轻的,反正是豁出去了。说也怪,那三根肋条后来竟然不治而愈,并且没落下太大的残疾。这个屈来存呀,真是一条玩命汉!

种树17年,屈来存磨坏六七十把铁锹,还了10万多元高息借款的利息,人工点种柠条4500亩,筑坝13条,总长3300多米,动用土石方60多万方,拦河造林100多亩,缩河澄地310亩,帮扶了三户贫困农民。

艰苦卓绝的建设之后,屈来存成功了。

那磨坏的六七十把形状各异的铁锹浸透了屈来存全家的汗水、泪水和血水,记录了沙石磨铁、铁磨生命、拆下肋骨当树种的精神,更帮他们从祖祖辈辈生存的穷山恶水中讨回了原本就应有的人的那份尊严。

20世纪90年代后,面对那一湾日渐长成的郁郁葱葱的杨柳和附近荒山上大片大片苍翠的柠条林,屈来存体会到了成功的喜悦,同时共产党员的责任感也油然而生。

小石拐村有个光棍汉王毛仁,年龄和屈来存差不多,年轻时染上了耍钱的坏毛病,多少年改不了,一天到晚吊儿郎当,家里穷得连只耗子也没有。大集体时没人能管他,分田到户后没人愿管他。

那年,屈来存澄出好地后,对王毛仁动了心思。他想试着把地给王毛仁一部分,看看能不能拴住他,治了他的赌,走条正路。一天,他到王毛仁那间破房里坐在炕沿上说:"毛仁子,光景过得咋样?"

王毛仁一副破罐子破摔的样子,满不在乎道:"能咋样,你又不是不知道,种上那点旱梁地,有雨混个肚圆儿,没雨勉强收个籽种。"

屈来存掏出旱烟袋，装了一锅烟点着后又说："毛仁子，你也奔五十的人呀，还能往下混？赌博六道贼七道，那不是正经庄户人的路，还是走点正路，以后娶个老婆养个娃娃过日子哇。"

王毛仁接过话头说："来存哥，你以为我愿意这么过哩。可是，人到这份儿上，谁稀罕咱。"

屈来存慢言慢语地说："这么哇，毛仁子，今年我在河湾里澄出一些好地，送给你三四十亩，我一分钱不要你的。不过，你必须戒赌，好好儿种它，你的光景能过得不赖。"

王毛仁有些感动，忙不迭对屈来存说："来存哥，你真是个大好人。这么多年了，我在村里是人不嫌狗还嫌，没想到，你背下那么多债，受了那么大苦，刚有个眉目就帮助我，我一定听你的话，好好儿种地争口气。"

"好，那咱们就定了，现在就去看地。"说完，屈来存拉起王毛仁就走。

那块地将近40亩，平展展的，抓起一把土肥得流油，打一眼井不愁水浇。王毛仁看完后，乐得屁颠屁颠，差点翻个跟头。从那以后，他彻底戒了赌，老老实实种庄稼，不几年，日子就彻底变了，先后盖了新房，娶了媳妇儿，买了四轮车，还有了存款。2000年秋天，那块地又获丰收，仅大豆就产了一万多斤。

看着王毛仁种了屈来存的地，光景没几年就好过了，村里的另一户农民侯和尚也找屈来存想种澄好的地。那天，他在地里找见了正在干活儿的屈来存，开口就说："来存子，我这几年的日子你也知道，比王毛仁强，可是拉家带口也够穷的。能不能把你的地匀给我一点，好好儿种几年，看看能不能翻个身。"

屈来存想了想说："行哇。就把这儿的地给你，共19亩。不过，你的情况和王毛仁不一样，再说我雇推土机建坝背了不少债，你出上五百块的雇车钱，行不行？"

侯和尚满脸绽开了花："来存子，你的为人我知道，这几年太难了，要不，雇车钱你也不会要。"

第二年，侯和尚在那块地里种小麦，亩产达到七八百斤。后来，屈来存又帮助村里另一户贫困农民屈毛旦十几亩地，现在，同样过上了比较富足的生活。

讲起这些扶贫故事，屈来存很平静地说："一个人有能力帮人的时候，说明你对人家有用，是一种幸福而不是负担。再说，咱是党员，不能光想自个儿的事。"

那一年，乡里的八所小学、一所中学要植树，缺树苗，到屈来存家里说了一声，屈来存立马答应："这就对了，娃娃们念书，应该有个好环境。咱们这地方多少年灰漫漫的，栽起树来，对娃娃们也是一种教育，我支持。"说完后，领着大伙就到苗圃，先后挖走5000多棵杨、柳、榆树苗，价值1万多元，屈来存一个子儿没和学校要。那义务种起的4500亩柠条林，一年四季成千上万只羊在里边抓膘育肥，屈来存同样没有收过乡亲们一分钱。

生活上，每到春、夏、秋，村里、乡里有亲戚朋友、邻居来串门办事，包括孩子们来，屈来存和妻子有个规矩，只要地里有的，诸如小白菜、香瓜、黄瓜、西红柿、豆角、西葫芦，都摘好一篮子，走时挑好的带上。

有人不理解，以为屈来存现在财大气粗。其实，他们哪里知道，澄地成功以后，虽然屈来存的收入不少，但除了生活必需，全部还了高息借款的利息。10多年时间里，仅这笔已还的利息就高达 10 万元之多。直到 2000 年春夏时，固阳县委书记到乡里调查生态建设情况时，了解到了屈来存的详细情况，才协调有关部门，帮屈来存贷了 65000 元款，还上了 4 万元高息借款的本钱，算是彻底了结了这件事。

也有人问屈来存："这么多年拦河澄地，植树造林，为什么要孤军奋战，不找组织和领导？"

屈来存淡然一笑："固阳县是国贫县，财政困难，干部职工有时候工资都发不出来，我咋好意思再找麻烦，能自己克服就克服。就这也添了不少麻烦给政府。前两年，乡政府给我解决了 10 吨水泥、200 公斤钢筋，6000 元的种苗生产基金。还有，打拦河澄地开始，各级领导就经常问询我的生产生活，能解决的问题总是想办法解决。我还找甚？"

更多的人从屈来存身上悟到了什么。眼见得几年工夫沿艾不盖河边又筑坝澄出了 1000 多亩良田，草木和庄稼一天比一天多起来，站在山上放眼望去，几乎满川都是绿……

后来，屈来存把二儿子屈斌从广州动员回村里，为的是要在西部大开发中建一个现代化的林场。至此，屈来存的子女全部成了他事业的传人，但为此，屈斌放弃了一段美丽伤感的爱情。

屈来存是一个传统的中国农民，他对自己的家园有一种特殊的理解和关爱。当年，父亲让他留在生产队时他二话没说，很理解父亲的一片苦心，第一守住家园，第二建设家园。待他当了父亲后不久，开始拦河澄地，培养的同样是儿女们对家园的感情和生存能力。

　　大女儿屈丽七八岁时就学着帮妈料理家务，稍大一点便烧火做饭，挑菜喂猪，有了空闲还要和父母下地植树种柠条，以致很早就失了学。1995年，屈来存的经济条件改善后，在艾不盖河岸自己的林地边盖了四间房，为了事业有传人，他特意让嫁走的女儿同女婿一起搬过来。

　　大儿子屈平十来岁上学时，放学一回家，就跟着父母下地干活儿，种树时，父亲在前边挖树坑，他在后面放树苗，手扶着树苗，小脚丫还要往坑里刮土……再后来，长到十四五岁，就像一个整劳力，成天风里来雨里去，成了父亲的好帮手。

　　1994年冬天，二儿子屈斌高中毕业当兵，到新疆石河子市消防支队。1997年底复员时已是一名共产党员，并且有了一个女朋友。部队领导看这小伙子表现不错，想送他上新疆党校深造，然后留下工作。屈斌把电话打回固阳，再托人转告远离现代通讯的父亲。父亲不同意，从家里骑自行车走了七八里路到乡邮电所给屈斌回电话说："斌斌，你回来吧，这么好的基础你不想把它再干大？！"

　　电话那头，屈斌半天没吱声，后来说了句："大，我听你的。"放下电话后，屈斌找领导说了自己的想法，哭了一场。接着，吐哈油田招消防保安，收入待遇都很高，组织上想让屈斌去，他知道父亲不会同意，便又辞了，准备上路回固阳。还在乌鲁木齐财经学院上学的女朋友知道这情况后，又气又哭，又劝又哄，让屈斌留在新疆："难道我的爱情也留不住你？"

　　屈斌摇了摇头，他回答不了这问题。他只觉得父亲的事业才是他的根之所系。

随后，屈斌背起行李毅然决然地回到了小石拐村。不想，那女孩毕业后到了广州，并几次写信打电话请屈斌南下，重续前缘。有一段时间，屈斌整日焦躁不安，父亲看穿了他的心思，说："看来，强留也留不住你，想去就去闯闯，不行再回来。"

屈斌到了广州后，又请父亲来广州。电话打到乡里，屈来存一核计，正是冬天农闲时，到广州走走也好，一来见见屈斌的对象，看看到底是甚人；二来开开眼，看看南方到底适不适合儿子。

主意打定后，他便南下广州。出了火车站一看，那温暖的气候、满城的鲜花和飞金流彩的街道，以及人们那富足的生活，他立刻惊呆了。但是，这些曾经诱惑了多少人的现代生活，更加激发了屈来存建设美好家乡的激情。几天以后，屈来存说话了："斌斌，广州是好，但金窝银窝不如自家草窝。正因为咱们老家穷，才需要改变那个穷面貌。我和你妈已经老了，这辈子就干了造林一件事。咱们家你文化最高，又年轻，将来有发展。"

屈斌没多说话，买车票把父亲送上了火车。临别时看着父亲瘦弱的脸膛满是皱纹，一双平静、善良、执著的眼睛正盯着自己时，他的眼泪"哗"地一下涌了出来……

屈来存到家的时候，2000年的春节就要到了；屈斌到家的时候，2000年的春节已经过去了。

父子俩没有留恋广州，根本原因，都是那片家乡绿色的事业。屈来存一向认为：一个农民要从建设好自己的家园开始，如果连生自己养自己的家乡都不爱，都不愿意去建设她，那么这个人纵有千般本事他也不赞赏。

屈斌理解父亲正是从这儿开始的。所以，返乡后，他不断给父亲出点子，搞新的规划，增加科技投入，提高科技含量。他想培育经济林、建大棚温室、发展养殖，在父亲事业的基础上，再建一个立体化高效益的综合农场，在西部大开发中再展宏图。

固阳乡下，知道屈来存父子这段故事的人很多。有人说："老屈太傻了。既牺牲了儿子的爱情，更牺牲了儿子的前途。"

屈来存还是那句话："国家要开发建设西部，西部的生态环境这么差，靠谁来种草种树？难道这就不是事业，这就不需要后继有人吗？"

作为一个农民、一个普通共产党员，屈来存一生的理想就是守土为本，建设美好家乡。他的全部行动已经和正在证实着他的诺言，同时像阳光一样照彻了他的儿女们的心灵，输进了他们的血液。这是中华儿女最值得颂扬的一种圣洁而博大的精神，更是我们民族未来发展应当延续的一首生命欢歌！

他从真与善的花园中走来

——记哲学史家张岱年先生

那是一个秋阳斜映、金风送爽的下午,穿过林木葱茏、树影婆娑的北京中关园,记者在48公寓轻轻叩开了我国著名哲学家、文化大师、原北京大学哲学系教授、博士生导师张岱年先生的房门……

没有想到,前来开门的正是岱年老先生自己,更没有想到,老人家身材高大,清和平允,满头银发,一身布衣。倘若不是那副近视眼镜和透过镜片所闪出的睿智之光,他简直平凡得如同中国乡村千千万万个躬耕于陌头垄亩的老农。然而,就是他,从上世纪30年代起,就自觉地追求真理,成为一个唯物论者,探幽发微于博大精深的中国古代哲学,求真求善于哲学的基本理论问题,综合创新于优秀的中国传统文化和西方文化。60年的讲学著述、伏案研究和苦苦追索,使他著作等身,终成驰名中外的一代学界楷模,并且桃李满天下。而更为令人肃然起敬的是,直到80多岁的高龄,他仍每日勤奋工作4~5个小时,笔耕不辍,常有新作问世,年均著述达十几万字!

这是一种多么伟大而可贵的创造精神,真正是令所有的莘莘学子钦羡不已。

岱年先生1909年生于河北献县,与哲学家张申府是同胞兄弟。申府先生大他16岁,是长兄,曾当过周恩来总理的入党介绍人，但后来历经坎坷，于1986年逝世。岱年先生早年就读于北京师范大学，受其长兄影响，爱好哲学与文化研究，上学时就以悬梁刺股的精神刻苦攻读了大量的英文哲学书和中国古典哲学书，并写出了不少漂亮文章。由于此，1933年，受金岳霖和冯友兰先生的推荐，应聘到清华大学当助教。1935年，年仅24岁的岱年先生便以无畏的勇气、敏锐的眼光、渊博的学识和惊人的创造力开始了《中国哲学大纲》一书的写作，到1937年完成初稿。后来几经曲折，直到1958年才由商务印书馆正式出版。

这是一部52万字的著作，它的副题是"中国哲学问题史"。从书的立意和内容来看，岱年先生别开生面地将汗牛充栋的中国古代哲学问题归纳为"宇宙论"、"人生论"、"致知论"三大类八个小类，由此展开了他对中国哲学史各家各派哲学观点的探索，这种体例和研究方式不能不谓前无古人，后无来者。在一个战乱频仍的年代，岱年先生能够甘守清贫，保持节操，一盏青灯伴黄卷，致力于中华民族哲学精神的探究和弘扬，天知道要付出多么大的代价！

而尤为可贵的是，随着年龄的增长、学力的扩张和历史的发展，岱年先生不断否定和修正自己先前在这部书中形成的观点。1982年，当《中国哲学大纲》一书由中国社会科学出版社再版时，岱年先生收进了自己在不同历史时期所写的三篇序言。其中，1957年所写的新序，副题是"对于过去中国哲学研究的自我批判"，里边有一段话特别醒目："这部书是我20年前的旧作，其中除了有许多显著的错误与缺点之外，各篇章的内容，在问题的提法上，在观念的阐明上，也都有许多地方是不够科学、不够精确的。"足见，岱年先生的学风和品格是多么严谨而谦虚！

抗战开始后,清华大学南迁,岱年先生由于校方的原因留在了北京,但和几位青年教师一起隐藏起来,坚持不同敌伪合作,保持了高尚的民族气节。直到抗战胜利,清华大学迁回北京后,岱年先生才又回到学校,并于1946年被聘为副教授。新中国成立后的第三年,岱年先生晋升为清华大学教授,1952年院系调整后,他转到北大哲学系,一边教书育人,一边发愤研究,直到离休。

中国哲学史是岱年先生一生的第一个研究方向,代表作除了《中国哲学大纲》,还有《中国哲学史方法论发凡》、《中国伦理思想研究》。此外,他还有两个研究方向,并且成就卓越。

一是哲学的基本理论问题。岱年先生回忆说:青年时他就对基本的哲学问题感兴趣,除了深入学习、领悟马克思列宁主义的辩证唯物论外,还积极学习西方其他各派哲学,特别是对20世纪初以罗素为代表的分析哲学兴趣异常浓厚。通过精深的研究和探索,他兼容并蓄,以海纳百川的态度得出了自己的结论:辩证法同逻辑分析并不矛盾,它们是可以互相补充的。这一观点同样在20世纪30年代关于辩证法和逻辑分析的论战中是独树一帜的。这方面的研究他后来集成了两部书出版,一是《哲学思维论》,一是《真与善的探索》。

二是文化问题。岱年先生认为:中国从20世纪20年代就一直有文化问题的论战。以胡适为代表的一派观点是:中国百事不如人,必须搞全盘西化,否则只能永远落后、愚昧;而以梁漱溟为代表的另一派则认为:中国传统文化是深刻的和优秀的,必须继承和发扬。后来又出现了以熊十力为代表的新儒家,认为中国文化应当返本开新,即回到孔孟学说，再学习西方的科学民主，以开新风。事实上，这几种观点都有偏颇。为此，岱年先生提出了文化上的"综合创新论"，即一方面要弘扬中国优秀的传统文化，同时要吸收西方优秀的文化成就，然后开创中国的新文化。其意义在于：一个民族，就文化上说，既要认识自己的长处，更要认识自己的短处。只有扬长避短，善于吸取其他民族文化优秀部分，才能真正立于不败之地，永远保持旺盛的生命力，不断创造新的业绩。

哲学，是一个民族精神文明的最高象征。为了摘取这颗皇冠上的宝石，岱年先生独立于苍茫宇宙、大千世界之中，如切如磋，如琢如磨，强学力行，推陈出新，"博观而约取，厚积而薄发"，可谓献出了毕生精力。正如他自己所说："50岁以前，每日工作10小时；50岁至80岁时，每天至少工作8小时。"即使如此，仍觉人生苦短，而哲学长河中未知的东西太多。当记者问岱年先生："您一生在哲学上的追求是什么？"老人不无遗憾地说："最大的追求是此生建立融汇中西的哲学思想，但由于种种原因，至今未能实现。"

不过，岱年先生自20世纪40年代起，就已形成了自己的哲学观点和一家之言，这是海内外学界所公认的。事实上，他已经最大限度地实现了自己的追求，但他仍在不断地苛求于自己，这种品德和风范对于今天的青年学子来说，价值是显而易见的。

采访就要结束了，当记者站起来为岱年先生拍照时，不禁又一次环视着老人的书房兼客厅。这是一间10平米左右的房间，书架上的书实在摆不下，以至于桌子上、茶几上、沙发上到处都堆满文献资料，连地上也堆起了一座座小书山，看上去既杂乱又拥挤，这是一个多么富有的世界！但是，老人的家具却没有一样是新的，旧书架、旧沙发、旧桌椅，一切陈设都显示着时间的印记，毫无奢华可言，足见岱年先生淡泊之心。一代哲人，安贫乐道，追索真理，善莫大焉。

穿越泥土的爱与牧歌

——访民俗学家钟敬文先生

采访钟敬文先生,是五月初的一个下午。北师大小红楼前,春阳正艳,浅草青青。待推开钟先生的房门,记者立刻被一座座壁立的书山惊呆了,先生不愧是中国民俗学的开路人和泰斗!其名与其实,的确让人敬之佩之,感之叹之!

经向家人说明原委,我们轻轻推开了客厅的门,一眼就望见钟先生躺在一把旧藤椅上读书。整个房间,几乎就是中国民间文化的缩影:有彩绘的孙悟空风筝、布制的民间玩具小老虎、纸扎的风车、蜡染的布帘,以及各种各样的泥塑脸谱,琳琅满目,美不胜收。置身其间,记者仿佛走进了江南水乡的田埂上,坐在了北方农家的热炕头,那种清新的泥土气息,那种浓烈的书香味儿,无一例外地证明了房间的主人,就如同一首洞穿时间隧道的牧歌,深情而激越,昂扬而奋烈……

钟先生是广东海丰人,生于1903年,记者采访他时已是91岁高龄的老人,但依然耳不聋,眼不花,思维异常敏捷。当我们说明采访意图后,他便略作沉吟,一字一句地侃侃而谈。

"民间文化,是一种下层文化。这种文化,广泛地存在于一个国家或民族的人民生活中,比如歌谣、故事、传说、民间工艺品等，她是民族文化的基础部分。她紧贴广大人民群众的各种社会生活，在丰富人们物质和精神生活的同时，也常尽着教训、劝导等伦理作用。民俗学，简言之就是关于研究民俗的理论，为具有世界性的学科名称，它的范围比民间文化宽泛得多。既包括广大群众中的生活文化现象，也包括与其相关的思想、感情和想象的现象。它的作用一是能够帮助人民群众加深对唯物史观的理解和信心，有助于鼓励今天的广大人民在现实活动中的创造意志和奋斗热情；二是可以使人民明了我们民族的许多民间风俗、习惯的起源和变迁过程，从而加强对当前生活和新文化的认识，有助于推动社会主义社会的发展进程。那么，我为什么走上这条研究道路呢？一是兴趣，二是源于70多年前爆发的那场'五四'运动。"

说到这里，钟先生那锐利的目光顿时变得冷峻起来。记者插话道："您现在对当时的情况能回忆一下吗？"

钟先生呷了一口茶，继续说："'五四'运动既是一场政治运动，也是一场文化运动。当时尽管我只有16岁，但也意识到了这场内逐强权、外抗入侵运动的伟大意义。这是因为受了1917年胡适之、陈独秀发起的'新文化运动'、1918年北京大学征集歌谣活动的影响。'五四'运动作为政治运动在打倒军阀之后就结束了，而作为一种文化运动却继续发展了下去。所以，我一直认为，'五四'运动的精神在文化上不仅是科学和民主，还应加上民族意识的觉醒。正是出于这后一点，我开始考虑以研究和弘扬民间文化的形式促使更多的中国人去反军阀、反帝国主义。"

待钟先生解开这个链条，记者的眼前豁然开朗，方始明白这位与世纪同行的老人为什么穷毕生精力去泥土中采英,从而讴歌中华民族文化精神的原因。

"在这种氛围下,我开始从事民间文学,先是在故乡收集民歌、歌谣、故事,后来自己也开始创作。1922年,北大成立了歌谣研究会,出版了歌谣周刊,我的作品也在上边发表。1926~1927年,我到广州中山大学任教,成立了民俗学会,办了一份《民间文艺》周刊,后来改为《民俗》周刊,于是一边教学,一边编刊物,这样,研究民间文艺和民俗学的兴趣就固定下来。我始终认为,通过这些工作,带动更多的人、特别是文化不高的人去爱护、关心优秀的民间文化遗产,这本身就是民族意识的觉醒。"

"看样子,从20年代起,您就一直把民间文化和民俗研究当作一项伟大的事业来搞,并且乐此不疲。"记者笑着说道。

钟先生也爽朗一笑说:"可以讲,此生此志均在这两门学科上。"

1928年秋天,第一次国共合作被破坏后,国民党右翼成员戴季陶出任中山大学校长,开始限制进步师生的文化活动。这样,钟先生只好离开中大,到杭州的一所高级商业中学和浙江大学教书,后来又转到浙江民众教育实验学校教书,其间,又到日本留学两年多。总的方向还是搞民间文化、民俗学研究,而且出了不少研究成果,基本上完成了由一个初学者到专业工作者的过渡。

抗日战争爆发后,国难当头,作为一介书生的钟敬文先生,为了动员群众、宣传抗战,创作了大量通俗易懂的歌谣,为民族意识的觉醒和波澜壮阔的抗日斗争奔走呼号,最大限度地为中华民族献出了一个知识分子的爱与憎,力与美。

解放战争后，由于蒋介石的讨伐令，钟敬文先生被大学解聘，不得已流落到香港，同中共和民主人士一起创办了《鞑靼学刊》，仍然继续从事着民间文化和民俗学的研究，并以极大的热情欢呼新生活的到来，真正是痴心不改，壮怀激烈！

新中国成立后，钟敬文先生回到了北京，任教于师范大学，致力于中国民间文艺学和民俗学的教学与研究。在教书育人上，40多年来可谓是桃李满天下，培养了一批又一批硕士研究生和博士研究生。直到九十高龄，他仍然亲自带博士研究生，指导他们钻课题，搞科研；在读书治学上，更可谓硕果累累，名震中外。重要的著作有上海文艺出版社出版的《中国民间文学论集》、中国民间文艺出版社出版的《新的驿程》、人民出版社出版的《话说民间文化》、北京师范大学出版社出版的《钟敬文学术思想》等等。

记者采访时，钟先生除了教学和科研之外，由于担任着中国民间文艺家协会主席、中国民俗学会理事长等职务，所以还要参加大量的社会活动。但不管参加任何会议，他始终坚持弘扬民族文化精神的宗旨，致力于民间文学和民俗学的开拓与创造。提到这一点，他满怀深情地从他的专业角度对记者说："改革开放当然是好事。但窗口一开，蝴蝶会飞进来，苍蝇和蚊子也会跟着进来，这对我们就是一个考验。如果处理不好，就会在文化上被人家吃掉。所以，我们应当有一个清醒的认识，市场经济是手段，构筑中华民族高度的物质文明和精神文明才是目的。作为一个与历史同行的老知识分子，我不希望看到一个社会主义国家最后变得像东欧一些国家那样。我希望广大的知识分子，不论是年老的、年轻的，都能认识到这一点，从而自觉地担负起历史所赋予我们的重任，去开拓创造在市场经济条件下的中华民族的新的精神文明和物质文明。"

记者相信，这是钟先生的肺腑之言。因为这位高龄老人，为了自己的事业和肩负的民族重任，多年来，早晨5点钟就起床散步，然后伏案工作，每天达5个小时；晚间看看电视，及时了解国内外的政治、文化、经济等情况，从而吸收新知识、新信息，以利于自己的读书治学。在生活上，先生不抽烟，不喝酒，平生推崇三条做人原则：一是为人要正直；二是读书要勤奋；三是生活要淡泊。说到这些，先生不无感慨地说："一个人的一生，根据我的经验，倘若只是追名逐利，苟且营私，绝对干不好一件工作。只有不计名利与地位，将自己的事业和祖国的命运维系在一起，才可能成为于国于民有利的人才，也才可能有花环和彩带向你走来。"

是的，透过先生的风范、人格和治学精神，记者突然有所感悟：这不正是"五四"以来老一辈知识分子所觉醒的民族意识吗？但愿她能够在新的历史时期发扬光大，如同绵延不绝的火把燃烧下去……

重塑国魂

——著名雕塑艺术家程允贤印象

在北京西郊中国军事博物馆西墙外,我找到了他和他的工作室,如同找到一座气象万千的森林和见到一个巧夺天工的园丁。

这是一座神圣的琳琅满目的艺术殿堂,大约200多平方米,从墙壁到墙角,从书架到地上,都站满了用各种材料镂刻的栩栩如生、姿态各异、神韵飞扬、流光溢彩的人物雕塑,或高达丈许,或低不盈尺……

他们中有叱咤风云、指点江山、开创共和国历史的一代伟人毛泽东、刘少奇、朱德、彭德怀、贺龙、陈毅、聂荣臻,包括邓小平、陈云等,还有历史、文化名人秦始皇、成吉思汗、蔡伦、孙中山、詹天佑、鲁迅、张澜、张大千、马约翰……也有外国名人白求恩、李光耀、谢慧如,更有在平凡的劳动中做出非凡贡献的雷锋、张秉贵、李双良……

重塑他们不朽形象和动人风采的正是他——我国著名的肖像雕塑艺术家程允贤先生。

他个头不高却异常敦实,煤一样的黑发显得随意又充满艺术的灵气与激情,一双钻石样的眼睛流露出天生的执著与潇洒,又时时闪过一种聪慧的悟性与坚定的追求。而与众不同的还有他那十个粗壮有力的手指,上边伤痕累累,汗茧重重，那是长期握着刻刀与泥土、石膏、青铜、大理石搏斗所留下的印迹……

他是江西南昌人，生于1928年。1949年从国立湖北师范学院中国文学系毕业后，又考入中央美术学院雕塑系学习并于1952年肄业。此后，便开始了长达40多年的肖像雕塑和纪念碑雕塑的创作与研究，并兼攻中国书法。至今，已完成了近百座古今中外著名人物的青铜和大理石雕像，并出版了四部著作。

这一切，当然首先来自于他从小就树立的英雄主义理想和对"人"的意义的领悟与理解。

中国，是一个具有优秀的雕塑艺术传统的国度。自秦汉以来，历代的雕塑艺术家们创作和留下了浩如烟海的艺术作品，其风格和技巧可谓博大精深、炉火纯青。但遗憾的是真实人物的肖像雕刻和纪念碑作品却极少传世，即使有，也早已竖在了庙宇神坛，被浓烈的香火熏染得失去了本来面目。

那么，中国几千年文化传统中所产生的无数民族精英——"国魂"哪里去了？他们为什么不能够通过雕塑作品而"活"在人民心中？这样一个复杂的历史悬念，也许只能寄希望于艺术史家们的考证。不过，正是从这里开始，他先后师从于我国著名雕塑家、美术教育家刘开渠、王临乙、曾竹韶先生，在创造性地继承中国传统雕塑艺术的基础上，积极学习了西方雕塑的传统与技法，将眼光落在了肖像与纪念碑作品的创作实践上……

肖像雕塑作品，顾名思义，就是以表现人为旨要。展开这个过程，就是说，雕塑家要用特有的洗练的雕塑语言，通过自己的手，塑造和雕琢有体积的形象，建立人在某一时空中的地位,准确无误地把握其思想感情、性格特征,以还原和再现人的风采。

当然,这只是肖像雕塑作品的一般解释。而对于一个雕塑艺术大师来讲,最重要的,莫过于从一个人一生中的故事与经历,筛选出自己最感兴趣的东西,让其成为永恒的一瞬,成为凝固的音乐或诗歌。并且,通过这一瞬,揭示出一种哲学、一种真理,挥发出艺术家深邃的思想和生命的激情。

他,正是以深厚的学院造型功底、高尚正直的人生理想和饱满的创作才情以及至真、至善、至美的艺术观而进行肖像雕塑作品和纪念碑作品的创作的。

几十年来,他放弃了节假日,没有八小时以内和以外的概念,坚持不懈地为中华民族中那些促使社会、时代进步的各色英雄人物塑像、树碑,匠心独运地挖掘贯穿于"国魂"们心中的无穷的崇高道德内涵,以揭示人类心灵的最高旨趣,展示不同人物内在的生气、情感、风骨和鲜明个性。

并且,由此也形成了他的艺术风格,正如中国美术馆常务副馆长杨力舟先生所言:"他的作品和他的为人一样,朴实厚重、豪迈大气中见细微,具象逼真中显神韵。因此,深得国内外观众的喜爱。"

是的,说到为人,还不能不提及他那坚定的民族自尊心和强烈的爱国主义精神。1987年与人合作的玻璃钢雕塑《怒吼吧,中华》,便通过醒狮的造型生动准确地表达了中国人民不屈不挠反抗侵略者的英勇气概和伟大的民族精神。1986年与潘鹤、王克庆、郭其祥合作的汉白玉《和平纪念像》陈列于日本长崎和平公园,其中通过少女与鸽子的生动造型完整地表达了中华民族对于人类普遍精神的领悟与把握，以及海纳百川的思想境界和追求……

他戏称之为"战争与和平"。

雕塑艺术也如此。他说："中国并不落后于人，何必要自卑和盲目地崇洋媚外呢？美国曾有一位著名雕塑家参观过我的工作室，羡慕得不得了！这说明，我们享受着祖国的温暖，有条件开拓创造艺术事业，也应当有信心维护我们的民族尊严。"

我相信，这是他的肺腑之言。因为他已出访过美、日和东南亚的许多国家和地区，在接受记者采访的前两天才从台湾访问回来。这种频繁的交流和学习，自然更使他才情横溢、精力旺盛、壮心不已、刻苦求索。

按说，他应该满足了。他是中国雕塑学会常务理事兼秘书长、全国城市雕塑建设指导委员会秘书长、全国城市雕塑艺术委员会委员、四川美术学院名誉教授、"国家级有突出贡献专家。"

他的作品不仅遍及国内十几个省市，而且日本、新加坡、泰国、德国、美国和香港、台湾等国家和地区也都有。邓小平、朱德、陈云等肖像雕塑被北京外文出版社出版的《邓小平文选》、《朱德选集》、《陈云文选》分别印为封面向全世界发行。此外，他有9件作品被中国美术馆收藏，1件被新加坡总理府收藏，许多作品被十几个省、市的博物馆、纪念馆收藏。

作为艺术家，关于他的词条被收入《中国现代美术家人名大辞典》、《中国人名大辞典》、《中国书画家辞典》、《中国现代美术家名鉴》（日本出）、《中国人物年鉴》(1989年)、《世界雕塑全集》等多部辞书。

由于他的成就和贡献，海内外数十家新闻媒体曾采访报道过他。比较权威的有：中央电视台、《人民日报》、《中国青年报》、《解放军报》、《人民画报》、《解放军画报》、《现代中国》、《瞭望》周刊以及美国的《华侨日报》、中国香港的《新晚报》、新加坡的《海峡时报》、泰国的《星暹日报》等。1993年1月，日本NHK广播协会通过卫星电视，专题报道了他的创作情况，予以高度评价。

的确，数十年来，在重塑"国魂"的艺术征程中，他硕果累累，不仅雕塑艺术风格驰名海内外，同时在书法艺术上，善行草，章法多变而严谨，挥洒自如不失法度，是中国书法家协会会员。

他为祖国和人民争得了荣誉，赢得了骄傲。但同时，他又异常谦虚和质朴，总是说："仅仅做到形神皆备，还不能算是一座好的肖像雕塑。只有当观众既能看到人物生动的外表和深刻的内心活动，受到强烈的感染而同时又是一种艺术享受，而且是雕塑艺术的享受时，它才称得上是一座好的肖像雕塑。这正是我向往和追求的，但我远远未能达到。"

大匠的传人

——访齐白石四子、著名画家齐良迟

北京跨车胡同 13 号，齐白石故居。

进入齐良迟先生的画室，墨香袭人，儒雅别致，而最引人注目的是那张纤尘不染的大画案和挂在北墙正中的那幅齐白石老人的黑白照片。另外，一个硕大的笔筒置于画案的一角，插满了大大小小的毛笔，仿佛一支支冲天而起的火炬。这一切，都毫无例外地浓缩了齐良迟先生的人生和艺术道路……

齐良迟先生是齐白石的第四子。白石老人是近现代以来世所公认的艺术巨匠，生前即以画、印、诗、书驰誉于海内外。解放后，成为中国美术家协会第一任理事会主席，1955 年获国际和平奖金，1963 年被选为世界十大文化名人之一。作为大匠后代的齐良迟，有这样一位父亲当然是颇为自豪的，但那毕竟是父亲的成就与荣耀，而他自己是怎样继承齐派艺术，并在艺坛上开拓创造的呢？

1921 年，良迟先生生于湖南湘潭，10 岁起，便正式随父学画。写生、临摹、双勾，一招一势，父亲要求极其严格。16 岁时，开始学画齐派的大写意花卉。一次，良迟先生画了一张《芭蕉图》，不曾想，竟得到父亲的赞赏，提笔在画上写道："子长初学能意造画局，可谓有能学之能，予喜。"（子长即齐良迟先生的字）这对刚刚起步的齐良迟先生来说，无疑既是最好的褒奖，更是坚定其艺术信心的砝码。但是，出身大匠之门，自幼具艺术天赋，并不等于就能成才，成大才。1941年，20岁的良迟先生考上国立北平辅仁大学美术系后，第一学期的期末考试，两张国画居然一张得78分，另一张只得59分。这对他来说，实在是一种难堪。由此，他从二年级开始，改学西画，勤奋刻苦，终以优秀的成绩毕业。

学画的同时，良迟先生兼习书法。小学、中学曾写柳公权的大楷，后来，父亲在教他画的时候，劝他写李北海的《云麾碑》，接着又写《麓山寺碑》。1941年，上辅仁大学美术系后，老师又教他写李北海的《古诗墨迹》，经过十余年的苦练，终于打下了坚实的书法基础。接着，他博采众长，兼收并蓄，进一步深研父亲及郑板桥、金冬心的书法艺术，从而功力大进，形成了自己的独特风格。

在篆刻上，良迟先生由于从小即给父亲做磨印石、拓样子等辅助工作，所以对刻印很早就产生了兴趣。在辅仁大学读书时，师从陆和九，宗秦汉印，以双侧入刀为主，刻出的字古拙浑厚，稳如磐石。所谓双侧入刀，是指每一字的每一笔，在刀法上都从两边刻起，而且两个边都要刻得光滑。当然，这种刀法尽管优点很多，但最大的弱点是难以做到遒劲潇洒。白石老人当年正是看到这一弊病后，大胆创新，以单侧入刀进行篆刻，就是说，一个笔画，只从它的一侧下刀，使其一边光滑，一边毛糙，刻出的字，既不失古拙浑厚，又不失遒劲潇洒。当然，这种刀法也有浮而不稳的缺点，倘若以双侧入刀为基础，以单侧入刀为创造，那就另当别论了。白石老人正是由于单侧入刀法的创造而成为新一代篆刻宗师。良迟先生在奠定了双侧入刀法的功底后，回头又以孜孜不倦的精神向父亲学习单侧入刀法，以一泻千里的气概贯通了篆刻艺术，使齐派真传得到了发扬光大。

除了画、书、印之外，良迟先生从十几岁开始，便向父亲学诗。先是熟读《唐诗三百首》、《千家诗》等，后又读陆游、纳兰性德等人的诗，同时也研习父亲的诗。到30多岁时，又同语言学家黎锦熙学习平仄，读《诗韵全壁》、《白香词谱》等。一次，良迟先生画了张虾米图，旁边题诗"笑君何必成龙去，画里遨游最不妨。"黎锦熙看后非常高兴，夸奖说："看来你能做得好诗。"学诗，仅学其艺术形式是远远不够的，为此，白石老人更多的是给良迟先生讲诗品和人品的关系，常告诫他：做诗，要做好诗；做人，也应做个好人。这些劝喻，可以说不仅影响了他的诗品，更多的是影响了他的人品。1990年以后，良迟先生从诗作中选出90余首，集印成册，名《补读斋诗词选》（《补读斋》为白石老人为良迟先生所题斋号），张寿康先生为其作序说："良迟学长潜心艺术，亮节高风，待人至诚，疾恶如仇，虽已年届古稀，但仍以诗书印画为日课……其作龙虫并雕，亦庄亦谐，无不真情，无不协律，意境隽永，韵趣绵长，此更白石翁之遗风也。"

这个评价，正是良迟先生诗艺和人格的真实写照。

1945年，良迟先生大学毕业后，即到国立北平艺术专科学校教国画。解放初，国立艺专改为中央美术学院，良迟先生又教了半年国画，后来就转到北京市电信局无线电处工作。之所以如此，是因为良迟先生青少年时，除艺术之外，非常爱好无线电，曾自己设计、安装过无线电发射机。而到电信局工作，也正是想在这方面有所发展。不过，由于父亲身体的原因，他到电信局工作不长时间就辞职回家，一边侍奉父亲，一边继续学习齐派艺术。

这个时候，良迟先生尽管自幼秉承父教，家学渊源，又入大学深造，获得了深厚的艺术功力，但却从未想过继诵清芬，名重艺林，从而成为齐派艺术的掌门人。而后来为什么走上这条路，其原因却是那场史无前例的"文化大革命"。

1966年，红卫兵开始造反后不久，白石老人的艺术作品便被宣布为"四旧"，接着开始了抄家。几经折腾，白石老人的故居几近家徒四壁，一无所有。齐良迟先生作为"活靶子"，当然也不会被造反派放过，而且定了三条罪状：一是因为妹妹齐良止解放前去了台湾，常有书信往来，故名之曰"里通外国"；二是因青年时期曾在国民党第92军政治部修过三个月的收音机、扩大机，并参加过业余无线电协会，而这个协会被定性为国民党特务外围组织，所以他的"历史"不清；三是因为白石老人的画成了"黑画"，所以良迟先生成了"黑五类"。这样，他很快便被劳动改造，并且长达五年之久。期间，除了精神上的折磨，良迟先生一家近乎赤贫，别的不说，别人给的破衣服都要比自己身上的衣服新得多！

后来，劳动改造完结，良迟先生虽有了一定的人身自由，但因为没有工作，为养家糊口，只好像父亲小时候一样学起了木工，走街串巷，靠做桌椅板凳、门框、窗户等来维持生计……

提起这些，良迟先生愤慨地说："'文革'将我逼得真惨！有一年过年，别人家都热热闹闹，惟有我家冷冷清清，手中一个子儿没有。儿子看不下去，只好把木工用的刨子拿到委托行去换钱。但去了后，委托行说是新刨子，不接收。这样又拿回来，我们父子俩在刨子上抹黑、白泥灰，砸旧了再去卖，这样换回两钱儿，算是全家吃了一顿饺子。"

作为大匠的后代，生活被逼到这种地步，委实让人不敢相信。但这却是事实，也正是这种事实，重新激发了良迟先生子承父业、奋发昂扬的信心和决心。待形势有好转后，他便悄悄拿起画笔，晨起临池，夜不甘寐，情寄艺术，墨染山水草虫。并且，尝试卖画、卖字，居然有人认可，有人收购，有人肯出大价钱。至此，良迟先生坚信艺术不死，更以百折不挠的精神从事创作。

这，也许是那个岁月中惟一能够安慰他自己的生存方式。

粉碎"四人帮"之后，这位老画家更加焕发了青春活力，无论画、印、诗、书，都以鲜明生动、形神皆备、生机勃勃、情趣盎然的齐派艺术风格名震于世。1988年，他同吴作人、董寿平、白雪石、卢光照等二十多位当代中国著名画家出席了在毛主席纪念堂举行的笔会，为周总理诞辰90周年画了九尺巨幅国画《荔枝图》，深为邓颖超同志喜爱；同时，他又为已故的刘少奇主席画了一幅六尺的《喇叭花》，被有关部门收藏于毛主席纪念堂。

创作之余，良迟先生积极从事社会活动，以培养人才为己任。1985年，他同儿子一起创办了青少年国画学校，学制一年，每星期日上课，为发扬齐派艺术传统，造就新一代国画人才，做出了有益的贡献。为此，《人民日报》海外版曾做过专题报道。

后来，良迟先生又将教课用的教材进行系统整理，删改、编绘成《自学美术丛书》，共八册，交由中国文联出版公司出版，迄今已发行一百万册以上，在海内外美术爱好者中产生了广泛的影响。

　　记者采访时，良迟先生虽已年逾古稀，但仍一边勤耕画苑，一边积极从事社会活动。他担任的各种社会职务有：全国政协委员、北京文史研究馆副馆长、中国北京东方书画研究社社长兼副理事长、北京中国画研究会顾问、北京齐白石艺术研究会会长、北京市工艺品进出口公司高级艺术顾问等。尽管职务繁多，但良迟先生乐此不疲，正如他在一首《题紫藤花》的诗中所言：

　　　　从来天地无私运，
　　　　不信东风不转轮，
　　　　留得岁寒老藤在，
　　　　繁英又是一年春。

笔底千花总是春

——访老舍夫人胡絜青

见到91岁高龄的老舍夫人、一级美术师胡絜青老人，那种大雅清丽的气质、淡泊宁静的风格、好学深思的精神一下子就紧紧抓住了我。的确，面对这位阅历极其丰富、海内外享有盛誉的书画家，就如同读一部浸透人生旨趣的长篇小说，让你一弹三叹，更让你回味无穷……

一

絜青老人是北京市人，1931年同老舍结婚，不久到济南、青岛等地当中学教师；1938年在北平师范大学附中任教；抗战胜利后在重庆北碚女子师范学院师范部任教，为副教授。46岁之后开始研习书画，曾师从汪采白、杨仲子、孙诵昭、齐白石等。新中国成立后，从1958年起，一直在北京画院任专业画家，1988年，晋升为一级美术师。作为名作家老舍的妻子，许多人以为胡絜青的成名沾了老舍的光。其实不然，只要你接触她的书画和人，立即感受到，絜青老人的成名并不仅仅因为是老舍的夫人，而主要在于她的人生志向和刻苦追求艺术的精神。用她的话说，就是"我自己喜欢的东西，就要永远不休息地追求它"。

20世纪30年代初，絜青老人同老舍先生结婚后，教课之余，要照料孩子，更要照料先生的生活，一天到晚，忙得团团转。老舍先生的不少文章,是经她手抄写送到报纸杂志和出版社的。尽管如此,她不但没有怨言,还常常见缝插针,练习书画。作品完成后,常同老舍和他的朋友们切磋交流,使画艺日渐成熟。就此,絜青老人曾说:在那个战乱频仍、居无定所的时代,我在抚养四个儿女、悉心照顾丈夫的情况下,仍然坚持工作,练习书画,这主要是对事业有自己的追求。人,特别是女人,完全不应该屈服于生活。

  为了画好花卉画,絜青老人同老舍先生不管是在济南、青岛,还是重庆,都特别爱养花,有时痴迷到边浇水施肥边写生的程度。有了初稿,就开始创作,或则工笔,或则写意,从不懈怠,终于得到行家的认可。

  1950年,絜青老人同老舍及许多朋友上齐白石家玩,几位热心人建议她拜齐白石为师,不料,早有此意的絜青老人真的给齐白石叩了头,成为齐的入室弟子。事情虽已过去40多年,但絜青老人仍然没齿难忘,每每提及白石老先生的画艺和人品,赞不绝口。

  1980年,香港狮子会邀请絜青老人去香港开画展,她顺便带去了《老舍诗集》和《絜青画册初集》,没想到,开展时盛况空前,香港总督亲自剪彩,不少书画界名流纷纷前来祝贺,而带去的书也销售一空。历经劫难之后的絜青老人终以自己的追求和艺术成就为中国人争了光!

  当然,作为一名老艺术家,絜青老人的成就何止于此。她的画曾被周总理作为国礼送给越南的胡志明先生,曾被陈慕华带到日本送给日本前首相田中角荣,曾被巴金带到巴黎送给法国总统。在国内,毛主席纪念堂、淮安周总理纪念馆、四川邓小平故居陈列馆都有她的字画。而这些,她都没有"润笔",更没有开口索价。其情其意,比那些所谓的"星"们不知要强出多少倍。

二

絜青老人还是一位健康长寿的老人,这主要得自于她对生命的热爱和科学的养生。

每天清晨5点多钟,老人便起床,自己叠被,打扫房间,然后在阳台上锻炼身体。她积数十年运动锻炼的经验和知识,自己编了一套保健操,先练腿,脚尖冲下一百次;再练腰和脖子,脚搁在窗台上一百次,风雨无阻,天天如此。那天,当老人同我聊起长寿之道时,不无自豪地让我摸她的腿,并说:"你摸我腿上的肌肉,像不像个91岁的老奶奶?"

我伸手捏了捏老人的腿,果然瓷实有力,弹性很好,确非一日之功所就。

老人笑了笑说:"锻炼其实体现了一个人的勤劳。我从小就闲不住,爱干工作,也爱干体力活。不管走到哪里,我总要把家拾掇得干干净净,就连澡盆也要让它一尘不染。"

在佩服老人的勤劳之余,我深有感触地说:"确实,我接触许多知识分子,光拼命工作,不注意体力锻炼和劳逸结合,结果酿出大事来。"

老人接着说:"许多很优秀的知识分子,不注意这些,结果造成终生遗憾。人,要热爱自己,热爱生命。生命都没有了,还为国家和人民做啥贡献!"

除了锻炼身体,老人在饮食上也非常注意。她说,自己的饮食这么多年非常简单,每天八成吃素,基本不吃猪大油，有时吃点瘦肉。菜肴常是青菜豆腐，主食喜欢吃点饺子，一天最多吃四两，每顿饭只吃八成饱。说到这里，她乐呵呵地讲："我这一辈子生了四个儿女，但身体一直很好，没有太胖过。"

受到她的感染，我也不由得笑了起来。

絮青老人继续告诉我："有了锻炼、饮食调节，还要注意调控情绪，保持乐观，理智。我是活了 90 来岁的人了，对什么都想得开，放得下。比如，钱的问题。我从五十年代起，基本天天写字作画，就是到现在，仍然不是写就是画。可是，从来没规定自己的'润笔'。也就是说，没想过把自己的书画当成商品，只是把它作为美的东西来追求。如果计较起钱来，那就给自己添麻烦了。"

至此，我明白了絮青老人的心态。艺术家的脱俗是最难的，只有不受声名、金钱之累的艺术家，也许才是最典雅和高洁的。

三

絮青老人的成就，还体现在子女及后代教育上。因为她多年从事教育工作，所以十分重视对子女的教育，从小就教导他们发奋学习，刻苦读书，自强自立，并注重个性和人格的培养，四个子女都无抽烟和喝酒的习惯，且都已成才。第三代中，大多在国外留学，已有三位博士、两位硕士。

说到这些，絮青老人非常自豪，以不无夸赞的口吻说："我的一个外孙女王楠在美国留学，搞语言学，刚去时，没有钱，自己买辆旧自行车上学；没有时间做饭，面包、香肠一吃就是一个星期。现在，还没毕业，教授就让她当助手，非常争气。"

我知道，这来自于家庭的悉心培养，也离不开絜青老人的言传身教。

这一点，不仅文化艺术界有口皆碑，即使已去世的原文化部副部长夏衍也十分敬佩，曾感慨万千地表扬絜青老人说："你们家庭非常和睦，儿孙们都已成才，为国家和民族作出了贡献，这是非常不容易的。倘若老舍先生在世，该是多么高兴啊！"

胸怀宽广，以培育人才为己任，是絜青老人一生的信条。而她自己，也同样是活到老，学到老。用她自己的话讲，叫做："我爱观摩各派古画，我爱旅行，我爱写生……我从传统中来，想在生活中找新的东西。想用新方法去表现，去画，去追求我自己的东西。"

是的，人生的意义在于把秋天和冬天当作春天过。絜青老人虽在"文革"时惨遭磨难，丈夫老舍先生被逼跳入太平湖，但她不改初衷，坚信光明，终于迎来了万紫千红的春天，以自己的勤奋努力和真善美的情操奏响了人生的华章，终成一代大家，这绝非偶然。

老人除了创作之外，还常参加各种社会活动。记者采访时，她是中国美术家协会会员、书法家协会会员；第五、第六、第七届全国政协委员；第二、第三、第四、第五届北京市政协委员、常委；北京市文联常委，对外友协北京市分会常委；中国扇子学会名誉会长。这一连串的职务够她忙的，但她都一如既往，像一朵鲜艳的花，盛开在祖国的原野上……

一个经济学家的追索

——访中国人民大学教授卫兴华

作为一个经济学家，一生致力于人类生产、经济活动的奥义阐释和社会经济成分、组织的探讨以及社会经济发展规律的发现，自然是一件幸事。但是，倘能不唯上、不唯书、不唯风，实事求是，服从和坚持真理则更显一个"家"字的意义和价值。

同卫兴华先生相识，给记者的第一印象就是他那深厚的理论功底、鲜明的学术个性和华彩乐章式的思维风格，使你很难相信这是位70岁的老人。而他自己却说："这来自于我对学术研究的态度：理论是真理的喉舌，而不是权势的奴仆。"

我知道，这是他的肺腑之言。因为从他已出版的30多部著作、教材和300多篇经济学论文中，到处可以找到例证。

比如，早在1959年，卫先生就针对否定全民所有制企业出售给职工的消费品是商品的观点，发表了《社会主义制度下商品生产的研究方法》一文，强调指出：不能否定全民所有制中生产资料的商品性质，否则，"是忽视了不同国营企业之间的独立权利和利益……只看重了它们的统一面，而看偏了它们的矛盾面。""更重要的是，如果否认生产资料是商品，那么必然导向否认价值规律在生产资料生产中的作用,这样就违反了社会主义经济生活的实践。"

这些观点的提出,在当时"左"的气候和条件下,的确是要冒很大风险,倘没有忠诚无私的勇气是断然不会写出来发表的。

再比如,1978年党的十一届三中全会之后,面对理论上的拨乱反正,卫先生的经济学研究进入了新的历史时期。他针对我国经济学界长期流行的提法:"各尽所能,按劳分配"是社会主义分配规律、"各尽所能"是"按劳分配"的前提等观点,在《学术月刊》1979年第2期发表了论文《关于按劳分配理论的一些商榷意见》,指出:"各尽所能"不是分配范畴,而是属于工作或劳动领域的范畴。"按劳分配"意味着多劳多得,少劳少得,不劳不得。参加社会劳动是参加分配的前提,分配多少要以参加劳动多少为前提。"各尽所能"作为对劳动者的号召和要求,有其积极意义。但由于主客观条件的限制,社会主义阶段还难以实现所有社会成员的各尽所能,因而"各尽所能"不可能是客观规律。

此外,卫先生在生产力的内容、社会主义经济和经济关系的本质、经济体制改革的取向等重大经济理论问题上,都提出过自己的学术观点和见解,做出了一个经济学家应有的贡献,在我国经济学界产生过重要的影响。

卫先生将自己的治学方法归纳为四句话:严肃的态度,严谨的学风,严格的要求,严密的论证。

所谓严肃的态度,就是切忌用主观随意性削弱和取代科学性。既不随"左"或"右"的风向转,也不随一哄而起的理论观点转。不迎合,不附会,走自己的路。

严谨的学风,是指读书治学时反对不求甚解,似是而非，强调勇于思考、勤于思考、善于思考，演绎和归纳符合科学思维的规律。

严格的要求，主要是说学习和研究贵在勤和深，不勤不深，一事无成。

只有锲而不舍，刻苦探索，才可能博大精深。

严密的论证，旨在表达自己的思想观点时，要扣住论点，层层剥皮，该繁则繁，该简则简，切忌眉毛胡子一把抓，更忌概念不清，逻辑混乱。

从这四句话，可以看出，卫先生的成就与贡献的取得，的确不是来自偶然，是在一条艰难曲折的道路上发奋读书，勤恳治学，勇于实践而促就的。为此，就卫先生的人生道路，记者又开始了追寻……

1925年10月，卫先生出生于山西五台县的一个小山村，6岁时入本村小学读书，后入东冶镇沱阳高小上学。1938年夏天，日寇占领东冶镇，他只好辍学回家，荷锄躬耕于山野之间。1942年，他再度读书，并且为了反抗侵略者，以图振兴中华，毅然将原名"玉童"改为"兴华"。上学期间，他的各科成绩为全校特等第一名。1946年，在太原读书期间，卫先生参加了党的地下革命工作，积极投入反蒋反阎学生运动。1947年，他赴解放区，在太行区党委太原工委加入中国共产党。太原解放后，卫先生到了北平，先后在华北大学教育系和俄文大队学习。1950年中国人民大学成立后，他转经济系学习，后读研究生，1952年7月以全优成绩毕业，留在政治经济学教研室任教。

就个人兴趣而言，卫先生中小学时代曾有志于文学和新闻事业，在报刊上发表过不少散文、小说、杂文、通讯等。解放后，由于工作需要，他转到了经济学领域，走上了经济研究和教学的道路。谁都知道，这条路充满了艰辛和泥泞，特别是"文革"十年，"左"的指导思想和政策以及林彪、"四人帮"的干扰破坏，使得经济学研究步履维艰，甚至根本谈不到什么探索。可贵的是，卫先生虽然当时身处逆境，却不为权势所动，拒不写作批判右派、右倾机会主义和歌颂大跃进、人民公社化及"文化大革命"的文章。因此，十年"文革"中，他受到严重迫害，先后被抓、被押、被打，甚至被抄家，不仅被剥夺了理论教学和研究的权利，也被剥夺了做人的权利。

即使如此，他没有屈服，他在暗暗地思考中国的经济理论问题和经济发展走向，表现了一代学人的赤子之心和高尚情操。

进入20世纪80年代中期之后，卫先生着重研究和探索社会主义经济理论问题，特别是对我国社会主义经济体制改革等问题，颇有研究和建树。

在中国人民大学校园2号楼卫先生的书房内，当记者问及他目前的研究时，卫先生平静地说："主要是经济体制改革的研究。经济体制不改革，优秀的人才就难以发挥作用，还会造成大量的人才浪费，难以提高劳动生产率；劳动生产率提不高，经济发展就是一句空话。"

"那么，您以为当前经济体制改革的情况如何？"记者插话道。

卫先生略作思考说："经济体制改革从当前看，总的情况是好的，但也出现了一些问题，主要是政治体制改革的滞后。也就是说，经济体制改革在向市场化发展的同时，如果政治体制改革不配套，跟不上来，就会给一些素质低、权力大的人留下以权谋私的空隙。据统计，我们国家的国有资产每天流失一个多亿,很能说明问题。首要的一点是,必须制约政治权力进入市场。因为政治权力一进入市场,经济体制改得越快,腐败得越快,社会肌体的腐蚀也越快。必须引起我们的高度警惕。"

"另外,企业改革和管理问题也应配套进行。近几年,我们重视了企业外部的改革,如价格、财税、外汇、投资等体制的改革,但放松了企业内部的管理,造成了贪污、浪费、偷盗等现象的大量出现。有关部门曾调查了2000家亏损的国有企业,发现80%是亏损在管理上。这就说明,体制转换过程中有漏洞,而如何堵塞漏洞,我以为是当务之急。"

听完卫先生的一席话,记者才真正感觉到一个经济学家的分量。难怪他能成为中国人民大学学术委员会副主任、中国《资本论》研究会副会长,全国综合大学《资本论》研究会会长,以及国内诸多大学的名誉教授、客座教授,真正是名不虚传!

而这一切,皆来自于他不懈的艰苦耕耘和无私无畏的追索精神……

在科尔沁草原的日子

——访博士生导师瞿林东教授

提起瞿林东先生,在20世纪80年代之后的中国史学界,可谓是硕果累累的一位大家。

瞿先生1937年生于安徽肥东县,是北京师范大学史学研究所教授、史学专业博士生导师,并任中国唐史学会理事、中国史学会史学理论分会副会长、国家教委人文科学"八五"课题规划评审委员会委员等职务,近年来先后出版了《唐代史学论稿》(为我国学术界第一部唐代史学研究论著)、《中国史学散论》、《中国古代史学批评纵横》、《中国古代史学发展史》、《史学导论》(合著)等著作,并发表各类论文、评论约200篇……

1994年孟夏,经朋友引见,记者到北师大专门走访了这位大名鼎鼎的学人。当记者自我介绍说来自内蒙古时,敦实儒雅的瞿先生立刻扶了扶眼镜,眸子里透出几分潇洒、几分自信,高兴地说:"我也是半个内蒙人哪!"

一句话横扫了记者心中的拘束感,几分乡情油然而生。于是,我们在科尔沁草原的风景线上找到了共同的话题……

瞿先生略带几分思索回忆道:"我是1968年到内蒙古民族师范学院任教、1981年调到北师大工作的,在科尔沁草原待了13年。所以,对那块土地,直到现在,仍怀有深厚的感情。"

"那是为什么呢?"记者插话道。

瞿先生真挚地告诉我说:"因为这块土地曾养育过我,而且在那里13年的光阴没有虚度。顺便说一句,现在有些曾在边疆地区工作过的知识分子总把那个地方说得一无是处,不堪回首,我很不以为然。当然,边疆地区生活艰苦,各方面条件落后,这是事实,但绝不是无事业可搞,关键在于你抱什么样的人生态度。"

瞿先生说:"我是1959～1964年在北京师范大学历史系读书,毕业后又考取了该系白寿彝先生的研究生,专业方向为史学史。1967年毕业,1968年分配到内蒙古民族师范学院。因为是在'文革'中,工资待遇只按大学本科。而且,我当时家庭困难很大,老母亲在安徽,爱人在河北唐山,岳母和她老母亲都在北京,上有老,下有小,又分散各地。所以,去了通辽后,一天到晚就怕骑摩托车送电报的找上门来……"

说到这里,记者问:"那么您是怎样处理这些问题的呢?"

瞿先生淡然一笑,说:"其实,这只是困难的一部分。到了通辽后,我自己的生活也有好多困难,首先是气候不适应。那个地方,冬天很冷。记得当时好几届工农兵学员都在学校农场上课,从学院赶到那里时,口罩能变成冰坨子。一个南方人,说到那里不受罪是假的。不过,这也是对一个人意志和品质的检验。"

是的,艰苦生活对于一个弱者来说,可能会一蹶不振,而对于一个强者,却会产生一种进取拼搏的力量。

瞿林东先生正是在这种条件之下,一方面勤奋工作,承担了繁重的教学任务,工作量最高时每周达24课时,仅一门中国通史就讲了八年。乍看起来，有些耽误史学史研究，但后来却潜移默化地为他的治学奠定了更为广博的基础。另一方面，教学之余，他又刻苦攻读了大量的书籍，从史学到哲学，从文学到自然科学，只要是感兴趣的东西都要找来过目。后来，他在回忆这段读书经历时很有感触地说："那个时期，学院的藏书尽管难比北大、北师大，但基本的书是有的。而且，学院的许多领导知道我爱读书，怕住学生宿舍楼受影响，在住房最紧张的时候，专门指令后勤部门安排僻静、宽敞的房子特殊照顾我。'四人帮'倒台后，凡是我参加学术活动，学院一概开绿灯。这一点，我非常感激。"

教学科研、教书育人之余，瞿先生还走出校门，深入社会调查研究，了解考察蒙古族的历史、文化、风俗，13年中，走遍了科尔沁草原。随文物考古队到农村牧区普查文物时，在田间地头、在村舍乡镇与农牧民广交朋友，讲述哲里木的历史文化，深受群众的欢迎。好几次，在一个乡里讲述科尔沁的历史故事时，碰上了停电，公社书记着急地指挥工作人员用柴油机发电，并且说："瞿老师不要中断，接着往下讲！"

由此，瞿先生悟到：尽管当时有人要"革"文化的"命"、历史的"命"，但人民群众需要历史，需要中华民族优秀的传统。作为一个学人，能够将才智奉献于人民，为普及历史文化知识尽绵薄之力，这在当时的政治气候和条件之下，殊为不易。同时，也证明了一条铁的定律：知识不会臭，"老九"不会臭。

正是出于这样一种社会需要和责任感，1979年，他为《哲里木报》撰写了长篇系列连载文章《哲里木历史纵横谈》，发表之后，在当地引起了强烈的反响。一次，学院的一位同事到商店购物，售货员一见就问："你们瞿老师的文章后边还连载不？"

不独售货员，国务院搞东北经济区规划的三位同志读到这一文章时，也为瞿林东先生所折服，专程到通辽拜访请教了他。事后，瞿先生说："这对我是一个很大的鼓舞。因为我亲眼看到了历史知识和传统是调动中华民族子子孙孙去奋斗、去搏击的内在力量……"

1981年，瞿林东先生因工作需要，离开内蒙古，调回了北京师范大学，但他却常惦记着科尔沁草原的一草一木，一山一水。因为那里有他的好多朋友、同事和学生，而且，也产生过他的第一篇史学史论文《唐代史学和唐代政治》以及后来的《略谈〈隋书〉的史论》、《唐代谱学简论》等文章……

如今，瞿林东先生虽已由当年的小伙子步入老年，但豪气不减当年，刻苦不减当年。自20世纪80年代中期以后，他主要致力于史学理论的研究，年年都有新作问世，最堪自豪的是《中国史学批评纵横》的长文曾在《文史知识》杂志上连载28期！

面对这累累果实，瞿林东先生并不满足，相反异常谦虚，总在说："学然后知不足，教然后知困。"还说，一个人无论走到什么地方，都要以国家和人民利益为重，让自己生命的光泽亮起来。在内蒙古时，我坚持的是这一条，在北京，坚持的还是这一条。特别是在科尔沁草原的日子，固然有生活道路的泥泞，但更多的是那里的人民给了我温暖，给了我友谊，给了我勇气……这些，都为我今后的成功，奠定了坚实的基础。

愿作春泥更护花

——访内蒙古政协副主席、内蒙古大学副校长许柏年

那是 1995 年 5 月中旬，记者在北京中国人民大学采访我国著名经济学家卫兴华先生，当他得知记者来自内蒙古，便眼睛一亮，情不自禁地说："我的学生许柏年在呼和浩特，现在他也已是经济学界的著名学者……"

一句话，激起了记者的兴趣。待返回内蒙古后，便开始考虑采访许柏年先生。后来，经过三次访谈、接触，发现他果然名不虚传！

一

1979 年 4 月，我国经济学界在江苏无锡市召开了一次价值规律作用问题讨论会。刚调入内蒙古大学经济系工作不久的许柏年作为代表向大会提交了论文。他一针见血地指出："有人说，市场经济就是资本主义经济，或者说，市场经济必然导致资本主义，这些说法都是不正确的。"

的确，市场经济的出现已有两千余年，而资本主义产生不过四百多年，何以市场经济就变成了资本主义的专利？

当时，尽管党的十一届三中全会开过不久，但在理论界"左"的束缚远未根除。因此，提出这样的观点不仅需要精深的学术功力，更需要一定的勇气和胆量。

许柏年站出来了，面对经济学界的许多权威和传统的

观念，他大胆地陈述了自己的观点，并在学风上严谨、缜密，得到了不少专家学者的一致认可。后来，他的观点收入了人民出版社编辑出版的《著名学者论社会主义市场经济》（续编）一书。再后来，随着时间的更替和改革的深入发展，他的观点自然得到了证实，这一点，无须赘言。

值得指出的是，许柏年不仅是我国理论界第一批提出"社会主义市场经济"观点的人，而且在任何情况下都没有放弃这一点。

1983年，他又在我国经济学界的权威刊物《经济研究》第7期上，发表了《论再生产类型与提高经济效益》一文，对再生产的方式和类型以及如何提高经济效益等问题，进行了大胆的探索和论证，得到了经济学界的好评。

1986年，全国改革理论讨论会在安徽马鞍山市举行，许柏年写出了《布鲁斯与科尔内的经济体制改革目标模式比较》的论文，后在《天津社会科学》1986年第6期头条发表。在这篇文章中，他探讨和比较了东欧经济学家关于体制改革的目标、模式，并对我国经济体制改革的目标、模式提出了建议，其中相当一部分都接近了后来党和国家所提出的目标和任务。

他成功了！

谦虚好学的品格使他奠定了深厚的理论功底，勇敢无私的追求使他跻身于我国经济理论界，成为一名经济学家，这当然是令人肃然起敬的。可成功的背后，又有谁能知道他那默默无闻的艰苦劳动呢！

二

许柏年先生是江苏苏州市人，20世纪50年代初上中学时，由于受一位政治老师的影响，特别喜欢读马列著作，同时也喜欢文艺理论。在班上，虽然他的年龄较小，但学习十分刻苦认真，成绩也异常突出。中学毕业前夕，学校选送一批学生到南京航空学院就读，他榜上有名，但由于偏爱文科，故放弃了这一机会。1956年，中学毕业后，他报考了中国人民大学经济系政治经济学专业，并被录取。这样，他顺利实现了从事经济学研究的夙愿，且成为当时中国人民大学校园里年龄最小的大学生，仅仅17岁。

年龄的优势和头脑的聪明没有成为他的负担。面对知识渊博的师长和勤奋好学的同窗们，他暗暗憋足了劲儿，刻苦钻研起《资本论》等经典的马列著作，奠定了扎实的知识基础，形成了自己基本的思维方式和学术思想，特别是卫兴华先生严谨的学风和敢于坚持真理的精神对他后来的读书治学产生了重要的影响。但是好景不长，1957年的反右运动，1958年的大炼钢铁，1959年的反右倾机会主义，像浪涛一样一次又一次冲击着不平静的校园……

回忆这些情景，许柏年不无感慨地说，当时在政治上是十分幼稚的，由于家庭出身不好，父亲是商业资本家，所以每次运动总免不了要当几天"运动员"。反右开始时，有抵触情绪，既让人家提意见，又为什么要打人家右派？结果受到了冲击。好在年龄小，再加上师长和同学的保护，总算没有戴帽子。

1960年，许柏年从中国人民大学毕业了，本来进校时是5年制，但后来由于种种原因，提前毕了业并分配到了内蒙古。不过，尽管当时是背了政治包袱出来的，但分到内蒙古财经学院后，政治、学术、工作等各方面都未受到什么影响和冲击，这真是不幸中的万幸。

1962年，随着三年自然灾害的出现和国民经济的调整，内蒙古财经学院下马，改为内蒙古财贸干部进修学院，许多教授和讲师调到天津财经学院。许柏年本来也可以走，但他却深深爱上了边疆，执意留了下来，愿为边疆的教育事业尽自己的绵薄之力。可是，谁能想到，1966年"文革"开始后，这所学院彻底下马，一分为二，变成一所中专和一所成人中专。紧接着，红卫兵造反，斗走资派，斗反动学术权威，斗老师，整个学校已容不下一张平静的书桌，作为一介文弱书生，许柏年又能奈之如何？他只能默默地思考，偷偷地读书，苦度日月，以等待知识能够发挥作用的那一天。

三

1989年，许柏年先生调入内蒙古大学经济系工作，这对他是一次重大的人生转折，终于在教书育人之余，开始自己无时不盼的经济学研究了！

他像一架上满发条的钟表，除了繁重的教学任务，还要关注自己的研究方向，查资料，找数据，搞调研，每日忙得团团转，心里却异常充实。他要把"文革"耽误的时间一分一分地抢回来，他要以崭新的姿态出现在经济理论界。

在取得大量的基础理论成果时，他又在1985年，把精力放到了内蒙古经济建设的实际问题上。因为他深知，作为一名经济理论工作者，对自己所处地区的经济发展问题没有研究，不能有所贡献，那将是一种耻辱。于是，他频繁地下基层搞调研，几年工夫走了10个旗县，组织写出了一批批有价值的调研报告和文章，并首次提出"旗县经济"

的概念，引起自治区政府的高度重视，提到了政府主席办公会的议事日程上。

在对自治区经济建设的整体规划上，他认为要针对幅员辽阔、经济发展缓慢的特点，因地制宜，能发展什么就发展什么，不要一哄而起。从总的区情看，由农业、畜牧业转向大工业生产难度相当大。因此，工业发展的速度不一定要求很快，事实上也不一定能快得了，要根据条件、环境来确定发展规模。比如乡镇企业，并不是每个旗县都能整齐划一地一声号令开步走。有些边境牧业旗，交通线长，气候寒冷，人口密度低，再加上信息闭塞，文化、科技素质低等因素，要求过高，反而违背投入产出规律，造成不必要的浪费。一句话，经济的发展是要从效益出发的，无效益的事是有害于国家和人民利益的，这样的傻事不能再做下去了。

采访就要结束的时候，记者请许柏年先生就自治区宏观经济的发展谈几点意见，他略作思考便条理清晰地说："自治区经济落后的原因，从客观上看，主要有三点：一是历史的原因；二是地理位置的原因；三是产业结构的原因。前两个原因好解释，第三个原因主要是轻重工业比例失调。从战略上看，一是过去的增长方式有问题；二是改革滞后；三是管理人才匮乏；四是技术人才缺乏。所以，我个人意见是'九五'期间，自治区要着力于产业结构的调整，注重整体经济效益的提高。在具体操作上，重点应放在轻工业的发展，它具有投资周期短、成本回收快等特点。只要找准了突破口，自治区的经济建设会有大的发展，并会有异常光明的前途的。"

听冯苓植聊天

同冯苓植先生相识，已有十几年的光景。其间，听他聊天有过三次，每次时间都不很长，人也不很多，但话题脱俗，味道特别，因之印象也异常深刻。

第一次是20世纪80年代初，我大学刚毕业，因爱好写作，算是文学界一个不入流的小"票友"。一日，在散文家周彦文先生家中讨教，一会儿，推门进来一位又黑又瘦、个头一般、细眉细眼、一脸倦容的中年人。周告之我："这是作家冯苓植先生，刚从巴盟来。"没等我答话，苓植先生抢上来握手道："你好，认识你很高兴。"

举止、言谈都十分礼貌而谦虚，全无我想象中作家的那份骄矜和派头。当然我知道，冯苓植那时已因长篇小说《阿力玛斯之歌》在人民文学出版社出版而一炮走红，为此，中央人民广播电台曾配乐播出该作品长达数月。而其中篇小说《驼峰上的爱》也已在全国获中篇小说大奖，可谓茅庐既出，名满天下。另外，也断断续续知道了他的一些经历：祖籍山西，生在四川，长在北京，上学在呼和浩特市，工作在巴彦淖尔盟文工团。"文革"时受了不少罪，吃了不少苦，经了不少哭笑不得的事。也许正因如此，他的创作才情在"四人帮"被打倒之后如流泉一样喷吐，赢得了区内外广大的读者。

待重新坐定后，苓植先生便迫不及待、一脸虔诚地对周彦文说:"来您这儿是想要点沙漠的资料和您写的沙漠散文,我想抽空儿好好读一下。"

因散文《愿借明驼千里足》而引起轰动的周彦文先生摆手道:"您太客气了,沙漠资料倒有一些,但我的那些东西不值一提。"

接下去,苓植先生讲起了沙漠的故事。从他自己放骆驼六年,伸手便可从衬衣里摸几只虱子开始,讲沙漠的艰苦环境与风暴的肆虐无常,讲沙漠的历史和民俗的积淀,讲沙生植物的姿趣和动物习性的养成。撒哈拉、塔克拉玛干、巴丹吉林、毛乌素、库布其,听得我坐在一边直发愣,不但如身临其境,而且充满了神奇和诡谲。正值盛年的苓植先生不仅记忆力好,讲话幽默生动,感染力强,人也如同他的作品一样,热烈而不疏狂,率真而不浅薄,幽默而不油滑。那种热爱生活的态度和追求学问的精神以及谦虚好学、不耻下问的品格的确令人没齿难忘。

后来,苓植先生将这一时期的他和作品概括为"游牧作家"与作品。

第二次是在1992年秋天,一个黄叶飘零、秋风萧瑟的日子,我因一件工作上的事拜访了冯苓植先生家。轻轻叩门之后,稍许,前来开门的竟是苓植先生。虽十年不见,但人还是旧模样,只是花发满头,微笑之中仍带着几分倦意,我知道这是长期伏案写作带来的必然结果。

办完事后,我们便开始聊天。我说:"十年没见到您,但您的作品读了不少。透过字里行间,可以看出您总在不断探索和追求新的东西。在一片文人下海弄潮的喧哗与骚动中,保持这样一种甘于寂寞的境界,十分难得。"

苓植先生轻轻一笑说:"其实,一个作家的才能发展不是无限的。正因为这样，有的作家写出成名作、代表作之后不写了，也有的作家自觉不自觉地千方百计突破自己，追踪时代，寻求新的视野和创作内容；还有一些作家在市场经济影响下，下海谋生。这都很正常，因为每个人都在追求自己理想的生活位置和社会角色。"

　　接着，苓植先生又说："上回咱们分手后，不久我就调到自治区作协当专业作家，后来又成为一级作家和作协副主席。但是，头一天宣布任命，第二天我就写了辞去'副主席'的报告。我不是小瞧那个'副主席'，而是觉得自己的角色是作家，兴趣和才能在文学创作。另外，迄今为止，我还没有写出自己十分满意的作品来，这样，必然迫使自己老老实实搞创作，清清白白去做人。"

　　这番自述，我相信是苓植先生的心里话。事实上，近年来他在由少数民族题材创作转向文化题材创作之后，接连不断有作品获奖，既高产又高质量。获国家级、省级、地市级作品奖名目繁多，连他自己也搞不清有多少次。中篇小说《虬龙爪》、《落凤枝》、《落草》、《大漠金钱豹》等在《收获》、《人民文学》杂志发表后，在海内外反响强烈，引起不少中外文学评论家的瞩目。

　　面对成功，苓植先生是异常冷静的。身在闹市，静默体察、深悟生活、勤奋笔耕。忍受孤独与寂寞，奉献美文与佳话，这样一种境界与精神，应当说在作家队伍中是不多见的。但是，苓植先生做到了。他写得很苦，可苦得有味；他活得很累，但累得有"道"，分明是他笔下那头吃苦耐劳、无私无畏的骆驼。

　　1994年9月，暑热刚刚过去，秋雨挥走尘埃的一个日子，我又一次推开了苓植先生的家门。赶得正巧，他刚从北京《人民文学》杂志领奖回来,尽管旅途劳顿,但依然精神饱满地同我聊起了天。

话题是从抽烟开始的。苓植先生拿出一盒内蒙古产的"大青山"卷烟说:"就抽这个吧,我向来不抽外烟,也不抽高档烟。"这一点我是深知的,因为第一次见他时抽的是"上海"烟,第二次依然如此,这一次虽换了牌子,但"大青山"不过是中档烟,在呼市早已大众化。

问题是苓植先生今天是世界名人,其经历与成就被英国剑桥传记中心收入《世界名人录》,同时也被剑桥收入《国际作家辞典》第12版;另外,被美国国际传记中心收入《第三世界名人丛书》。还应邀出席了在南非召开的国际第17届艺术交流大会,内罗毕世界笔会,英国世界名人大会等,并曾在日本讲学半年多,为此,日本还专门组织了冯氏作品研究会。可见,他的创作地位和影响远非一般作家所及。但让人敬服的是他的生活竟如此俭朴。

"近几年,国内出现不少大款斗富,还有些人慷国家之慨,摆什么'豪门宴'、'黄金宴'。而您却依然保留着我们民族勤俭节约的优良传统,按说您是完全有资格享受高消费生活的。"我说。

苓植先生平静地淡然一笑:"作为我来讲,这样做,原因有三条。一是上有老,下有小,四世同堂。所以,多年来,尽管有不少稿酬,但绝没有致富,不得不俭朴。二是尽管我已是什么'世界名人',但从来就觉得自己是普通老百姓和一名共产党员,用不着有了名就去摆功摆谱。三是尽管作为作家我去过世界上不少国家和地区,但对中国传统文化感情深厚。因此,抽烟也愿抽我们自己的'土特产'。"

"看起来，我们民族优秀的传统文化精神不仅应当在口头上，更应该在行动中继承和借鉴，特别是从生活的一点一滴做起。"我接着说。

苓植先生又笑着摇摇头："作为我个人的操守也好，德行也好，您的评价过高了。但作为中国传统文化，我是的确喜爱的。这大概与我自小出身于书香门第有关系。当然，传统也有正负面的接受，所谓正面就是说我在生活中和创作上可能是勤勤恳恳、吃苦耐劳的。所谓负面，则可能不合于某些时尚，为世人所讥。"

"我觉得，一个作家不一定要所有的人去理解，但只要自己诚信如一，担起一个文化使者的道义，认准一条路走下去，必然会在传统的基础上有新的开拓和创造。"我插话道。

"你的理解有道理。改革开放以来，波澜壮阔的社会生活给作家提供了广阔的创作空间。因此，我们一方面要对传统有一个扬弃的过程，另一方面对未来也要有一个思考和憧憬的过程，只有把握好这双重的过程才能够完成自己的使命。最近，我正在创作的长篇小说《欲壑》正是就此展开的探索。"

说完，苓植先生从书房取出《欲壑》的手稿，让我翻看。一手流利的钢笔字潇洒有力，不见涂抹痕迹……

先生以50多岁的年龄，孜孜不倦，夜以继日地伏案创作，苦在其中，乐在其中，不正是我们民族优秀文化传统的延续和鼎新吗？

聊天结束了，先生一直从四楼下来将我送至院中。此时正是秋阳西斜，凉风习习的时候，天边飘过了一抹晚霞，映着他归去的背影，我猛然又想到了他笔下的那头骆驼以及那驼峰上的爱……

歌王哈扎布的人与歌

锡林浩特敖包山下有一条僻静的小巷，小巷深处有几间青砖红瓦的平房，草原歌王哈扎布临时借居的家就在这里。这是2004年初夏的一个夜晚，朗月在天，疏星闪烁，凉风习习。推开小院的大门，一条凶猛的大狼狗一边狂吠，一边张牙舞爪地扑了过来，立刻，一位身材窈窕的蒙古族少女出得门来，轻轻将狗呵到一边……进得屋来，姑娘笑盈盈地手指套间的东屋说："你们来得不巧，哈老睡觉了。"话音未落，里屋却响起一声浑厚的嗓音："谁呀？请进来吧！"

到了里屋，扭头一看，哈扎布竟然只穿一件白色的两股筋背心围着被窝坐在靠着北山墙的一张单人床上，其模样儿有几分滑稽又有几分可爱。寒暄之后，哈扎布便眯起双眼一会儿说一会儿唱，一会儿蒙古话、一会儿汉话地同我讲起了流金岁月和那苍凉悠远、如波似浪的蒙古族长调民歌……

1921年，哈扎布出生在锡林浩特市郊一个牧民家里，辽阔的草原养育了他自由率真的天性，美丽的锡林河水滋润了他声情并茂的歌喉。孩提时起，他就跟着父母学唱蒙古长调，徜徉于歌海之中。稍大一些后，又拜师于斯日古楞、铁木登等老师，唱歌的技艺日渐成熟。他就那么唱啊唱啊，欢乐时带着笑容唱，悲伤时和着眼泪唱，用长调抒发着对官府和王公贵族的反抗，对土匪和兵痞的憎恨以及对光明生活的向往。解放了，20世纪50年代初，他一路高歌长调，唱进了内蒙古歌舞团，成为一位著名的人民歌唱家，先后出访过前苏联、朝鲜、蒙古、芬兰等20多个国家，把博大精深的草原文化和绚丽多彩的民俗风情传播到了世界各地，为内蒙古草原和新中国赢得了荣誉。1959年，在蒙古国首都乌兰巴托演出期间，才华横溢的哈扎布所到之处，掌声不绝于耳，鲜花到处都是。蒙古国有关方面十分钦佩这位歌王，许之以金钱和美女，以期他定居蒙古国，但哈扎布微笑着摇头谢绝了。哈扎布出访归来之时，周恩来和乌兰夫亲自到首都机场接机，热情赞扬了哈扎布的爱国主义精神，并且给他连长了三级工资。也是这一年，哈扎布光荣地加入了中国共产党。

　　1960年，是哈扎布非常值得怀念的一个年头。著名歌唱家胡松华为了唱好大型音乐舞蹈史诗《东方红》中的《赞歌》，专程赴内蒙古，拜哈扎布为师，学唱长调。为了真切地感受翻身牧民对共产党和新中国的热爱，哈扎布领着胡松华回到了家乡锡林浩特市。胡松华就住在哈扎布过去的邻居家，每日和他一样穿起蒙古袍和马靴，喝奶茶，吃炒米，在草原上一边骑马牧羊，一边吟唱长调。哈扎布教得认真，胡松华学得细心。一个多月过去了，胡松华同哈扎布结下了一生的深情厚谊，并掌握了长调的旋律和神韵，满载而归地回到了北京。《赞歌》高亢、激越、明亮的长调，经胡松华在《东方红》中的演唱，今天已成为蒙古族民族声乐作品的经典名作，载入了世界民族音乐的史册，广为人们传唱。

　　讲完这个故事后，哈扎布拍了拍亮亮的大脑门儿，情不自禁、字正腔圆地唱起了《赞歌》，其浑厚甜美的旋律，听来十分激动人心。事实上不独《赞歌》，哈扎布会唱的长调根本就数不过来，《走马》、《小黄马》、《圣祖成吉思汗》、《苏荣扎布》等等，每一首都会和着草原的节拍跳动，勾起听众对蒙古包和勒勒车的怀恋，对英雄民族的热爱和追思。据不完全统计，"文革"前，哈扎布曾录了380多首长调，本来这些十分珍贵的民族音乐资料妥善珍藏才是，却不料，一夜之间，红卫兵小将将其销毁殆尽，而哈扎布本人也被打成"内人党"，发配到草原劳动改造去了。

1980年，落实政策后的哈扎布离休了。几十年在呼和浩特的生活，始终让他憋屈，让他觉得嘈杂。于是，他毅然决然地返回家乡锡林浩特那片生他养他的草原。那里藏着他童年时像草尖上的露水一样纯真的梦，藏着他那片久违的绿油油的爱与深情；那里有喷香的手把肉、奶酪、酥油，有一望无际的辽阔草原和肥壮的牛羊，可以自由自在地骑马奔驰，可以昂首对天唱出深情悠扬的长调，让旋律百灵鸟一样从云端飞过，还可以每天喝两三瓶啤酒，甚至在冬天穿着背心儿在外边的雪地上走来走去。这种无拘无束、自由自在像鸟儿一样的生活方式直到今天依然使哈扎布充满了灵性、智慧和生命的激情。

那一年，哈扎布的弟子拉苏荣从北京领着台湾著名蒙古族诗人席慕蓉回到内蒙古草原寻根访亲。在锡林浩特拜见了哈扎布后，给老爷子献上了XO酒，惟一的心愿就是听他的长调。据说，哈扎布几乎是信口开唱，那穿云裂帛的声音如泣如诉、如诗如画，从蒙古包传向遥远的草原，在时间的静深处，将一个古老民族的心弦再一次拨响，直唱得席慕蓉泪如雨下，泣不成声……

记者采访时，哈扎布已是83岁的老人，但依然至情至性、至善至真。临别前，他指着东墙上挂着的周恩来照片说："周总理可是个大好人啊。活着时没少帮助鼓励我，十几次看我们演出。还有毛泽东、刘少奇、朱德都听过我的歌，给过我许多赞美。"看得出，他的心中溢满了感动。

苏联：从驯服工具到自主选择的大变革

——同苏联心理学博士罗沙洛夫·弗拉基米尔·米哈洛维奇的对话

罗沙洛夫·弗拉基米尔·米哈洛维奇，苏联心理科学博士。1967年毕业于苏联莫斯科大学，现任苏联科学院心理学院个性心理实验室主任。1988年10月他出席了第一届国际人力资源发展与评价中心学术会议，记者就苏联干部人事制度的改革及人事评价的心理学问题同米哈洛维奇博士进行了广泛的交谈。

记者：苏联自戈尔巴乔夫上台之后，掀起了一场全面深刻的社会变革，特别是在干部人事制度方面，科学化、民主化、现代化的进程不断加快，令人欣喜。想请您介绍一下苏联这方面改革的情况。

米哈洛维奇：我认为就改革的实质而言，苏联更注重于在哲学和政治学意义上的变革，即从改造人们的哲学思想和观念入手。它的逻辑起点就是从人的本质规定出发，在社会生活中，真正肯定和树立劳动者的权利主体地位，其次才作为权利客体而存在。

记者：那么这一哲学观点是怎样去指导苏联的改革实践呢？

米哈洛维奇：这种变革首先是从农业方面开始的。苏联近几年农业变化非常快，成效显著。在农村，除了集体农庄，还出现了不少私人农场。即使集体农庄，也开始出现承包经营，这样就将劳动选择和经营选择的自主权交给了农业劳动者，从而推动了农业经济的进一步发展和生产力的提高。

记者：企业方面的改革实践如何呢？

米哈洛维奇：苏联企业目前正在引入一种新的管理制度，它的特点是增强团队合作，出发点是由工人来选择自己的管理者，但不一定凭资历和年龄，选择的对象不一定是最聪明的，恰恰需要把他们结合起来，才可能出现更大的士气。

记者：那么工资作为分配形式，怎样才能合理地体现按劳分配原则呢？

米哈洛维奇：工资分配除了对工人的劳动成绩效率考评外，还要看工人对管理参与的系数大小，而领导必须保证实现工人参与管理的一定系数。这是一个非常开放的制度，竞争和工资分配都是公开的。其他奖励也根据工人的劳动积极性和贡献来进行。比如某一工人如果有突出贡献，就可奖励得到房子或更高的福利待遇，还可晋升为厂长、经理或其他管理者。

记者：目前苏联这种制度和传统的管理制度有什么区别？

米哈洛雄奇：过去在苏联，不仅企业、所有的干部都由上级领导来任命。这样做，一是容易出现官僚主义，二是领导倾向于选拔适合自己口味的人，而不是从人的才能和工作效率出发。另外，权力都集中在党的手中，由党来操纵控制管理，人民代表大会反倒没有什么权力，劳动者成了国家的驯服工具，自主性、创造性受到压抑。新的制度重新肯定了劳动者的政治、社会和经济地位。如企业选择厂长,意味着由工人来选择,当然,心理学家和地方政府都要对候选人进行咨询和评价,但最终的决策权在工人手中。厂长上任后工作不好,工人有权力解除他的职务。这就增强了劳动者的自主选择和企业的活力。目前许多企业在试行这种新的制度,已有60%的企业取得了成功的经验。当然这同1987年苏联颁布《企业法》也不无关系,到明年一月份苏联所有的企业都要推行这种制度。

记者:除了企业方面,其他方面人事制度的改革情况如何?

米哈洛维奇:从整体看,苏联的干部人事制度改革正在向新的选举制度发展,以保障劳动者的民主权利。另外,苏联将建立许多合资企业,同欧美国家和第三世界合作,培训新的一代领导人学会管理企业。在教育方面,为全面提高国民素质,将过去的教育部改为人民教育委员会,在更大的范围内系统管理高等院校、人才培训、技术培训等,以适应改革需要,培养出更多有利润观、有知识、能够从事企业活动的人才。

记者:与改革相适应,在科学技术方面,比如心理学将在人事选拔和评价中起到什么作用?

米哈洛维奇:我以为人的个性的发展是科技进步和社会进步的先决条件。心理学方法是保证实现这种新制度的手段。在人事选拔和评价中,应当从心理方面发现个性的差异,从而知道哪个人适合干什么,不适合干什么。通过对个性的了解,可以知道人的脾气性格,例如神经系统弱的人只适合干一种事情,而神经系统强的人却可以干好多工作。

记者:您目前的研究方向和成果会对人事评价产生什

么影响？

  米哈洛维奇：我的方向侧重于研究人的个性和气质，即研究人的心理特点、遗传基因等。研究人的个性哪些是天生的，哪些是后有的，从而通过测评，使人才各归其位，发挥所长。在人事选择和人才评价方面，引入这种研究成果，可以避免用人失误和不当，并给我们的社会带来希望和前途。

世界没有养活我们的义务

——访新加坡国立大学林崇椰教授

林崇椰,经济学博士,祖籍中国海南岛,出生于马路加,毕业于英国牛津大学。时任新加坡国立大学经济及统计系系主任,新加坡全国薪金理事会主席,新加坡经济论坛编辑。

1988年金秋十月,上海樱花度假村。记者就新加坡经济发展和人力资源开发等问题拜访了林崇椰教授。当问及新加坡成功的经验时,他开宗明义,重复了李光耀总理的话:"很简单,'世界没有养活我们的义务'。"

新加坡天然资源稀缺,甚至连水都要从邻国进口,而人口也只有260万,是一个多元种族、多元文化、多元宗教的国家,目前全国人均年收入7000美元,居亚洲第二位。之所以取得如此惊人的成就,完全依靠对人力资源的开发和利用。其措施是:不断从经济和社会发展的需求出发,在教育方面制定培养人才、选拔人才、任用人才的系统国策,以此适应世界性的竞争,并以自强不息的精神和干劲求得新加坡的地位和发展空间。

在介绍了这些背景情况之后,林教授说:"我们先从殖民地时代谈起吧。英国政府在统治新加坡时是很开明的,他们把新加坡管理得很好,但是在教育上却只重视培养和训练英国自己的人才队伍,而没有重视培养新加坡人才,认为这不是他们的责任，致使新加坡人才短缺，经济建设的步伐缓慢，这同日本占领台湾后的情形类似。1965年新加坡独立后，首先注重的是发展教育，最大限度地培养新加坡人才，以适应竞争的需要。从国策来看，这种教育主要有两个基本特点：第一是在国内坚持各民族平等。新加坡除了75%的华族，还有马来民族和印度民族。我们在培养人才时，没有种族偏见，各民族一律平等，只要考试成绩好，学习优秀，都会被培养选拔，因此，每个公民都有同等的机会。第二，不论是谁，教育必须从人的才能规定出发。一个人，只有接受良好的教育，靠才能和智慧才有可能取得很好的社会地位，否则，靠家族或其他手段，是没有机会参与竞争的。但是，在经济上，新加坡对马来民族这个少数民族，是优待的。马来民族在小学、中学、大学上学时不必交学费，但在考试竞争时没有任何优待，要凭个人的本事和才能来取胜，而不是民族的特殊优惠政策。"

当记者问及华族人才开发的状况时，林教授说："前边讲过，华族在新加坡整个人口中占75%，在人才数量上也大约占75%左右。其原因是，华族早年离开他们的祖国——中国，到南洋谋生，进取心很强，保留了我们民族的优秀素质，在同其他民族的竞争中，不甘落后，奋发图强，终于取得了今天的地位。比如在新加坡的大学和政府部门，许多人才精英都是华族。因为他们深深地懂得，谋求生存和发展，依靠别人是没有任何可能和机遇的，惟一的依托便是自己的大脑和双手。"

"那么，你认为新加坡人力资源开发有什么不足呢？"记者问。

林教授略显沉思地说:"最不成功的是十年前、十五年前、甚至二十年前,没有及时地训练自己的高级人才,这是最不完满的,想不到经济发展得如此之快。当初最怕的是大学生失业,即训练出人才以后找不到合适的岗位和工作,结果造成了如今高级人才的短缺,以致适应不了当代高科技工业的发展。为了弥补这一缺点,政府从美国、英国、马来西亚、印尼和中国香港、中国台湾等国家和地区吸引大批人才到新加坡。现在新加坡大学中有40%的知识分子是从其他国家来的,当然也有自愿来新加坡服务的。我们的优惠政策是,过一两年可以让他们有居住权,或申请为永久籍公民,当然要根据才能大小和贡献程度来决定去留。"

"您能否对中国目前人力资源开发应怎样进行谈谈看法?"

"我到美国、英国、中国、日本等国家讲过学,也写过不少文章谈亚太地区经济发展,比较各国情况,在人力资源和经济开发方面,各有各的特点。比如中国人力资源很丰富,问题也很多,但我认为,主要是教育。从亚洲国家的情况来看,教育也是至关重要的因素。日本在明治维新时代就开始教育启蒙,从1868年起就专门训练他们的人才,而其他国家训练人才的时间没有这么长。而中国,可以说,从1949年才真正开始训练人才,新加坡是1965年才开始。长远看,训练人才的迟早、好坏,都是影响经济发展的因素。"

如果没有对点滴人力资源的珍惜、保护和开发,就没有今天的新加坡,人力资源的浪费是最大的浪费。这是记者采访林崇椰教授之后的感想。

新加坡文化教育对人力资源开发的贡献

——访新加坡国立大学企业管理学院院长陈水华博士

陈水华,哲学博士、商业管理硕士、工业关系硕士。祖籍中国福建,出生于新加坡,时任新加坡国立大学企业管理学院院长、副教授。1988年10月8～12日,记者出席在上海召开的第一届国际人力资源发展与评价中心学术会议时,就新加坡文化教育的发展和人力资源开发等专题,采访了陈水华博士。

记者:据世界银行统计,二十多年来,新加坡经济发展速度居世界第二位。经济发展侧面反映了新加坡是一个非常重视文化教育、重视人力资源开发的国家。因此,我想就这一问题请您谈谈新加坡文化教育的特点和人力资源开发的经验。

陈水华:新加坡经济发展速度和人力资源开发的成就主要是1965年独立后取得的。其根本原因是,新加坡天然资源稀缺,而人口也只有260万,所以要想生存下去,就必须开发人力资源。从文化方面去考察,新加坡是一个多元种族、多元宗教的国家。因此,国家在文化政策上非常开放,既有华人文化,也有马来文化、印度文化,同时吸收了欧美文化,各种文化兼收并蓄,长期共存,平等交流,形成杂交的文化态势和氛围,客观上对各种人才的成长非常有利。从教育方面考察,新加坡朝野上下,二十多年来十分重视人才的培养、训练、选拔和任用，建立了系统、全面的教育制度。具体说，体现在人力资源开发上，我们把凡以人为对象的学问都作为人才管理的一部分内容，从小学、中学到大学，鼓励受教育者充分发展自己的个性，发挥自己的才能，并且在教育机制上择优汰劣，根据每个学生的特点来设计和选择他未来的职业。比如中学毕业后，成绩好就送入大学学习，如果不好则转入工业学院进行职业训练。另外，政府方面对文学院、理学院的学生培养是非常重视科学计划的，完全从经济和社会发展的需求出发，体现了政府在教育价值观念上的设计宗旨：不去学那些用不到的本领，不去培养那些国家用不上的人才。

记者：那么大学的情况如何呢？

陈水华：以新加坡国立大学为例，它由新加坡大学和南洋大学合并而来，现有学士班学生一万四千多人。除文学院、理学院外，还有企业管理学院，整个学院有两千名学士班学生，教授、副教授160多人，下设五个系，有市场学系、财务系、行为科学系、商业策略系、决策科学系。目前学校有13个国家的教授、专家讲学，因此教育上也是非常开放的，一方面可以大量吸收国际上新的科技、管理知识；另一方面可以培训新加坡的高素质人才，迅速参与世界性的人才竞争。在课程方面，新加坡国立大学专门设有人才启发课程，凡在这所大学上学的学生都必须学这门课，主要内容是"企业人才启发与国家经济发展的关系"、"企业中人际关系的学问"，重点是根据行为科学的基本内容，学习组织与领导的关系、领导者的素质、条件，以及如何决策、如何沟通、如何处理事务、如何激励员工等，还有怎样理解人、理解群体行为等。通过这样的学习训练，使每个学生懂得人才开发和人才管理的科学性,并在走上工作岗位后能够学以致用、聚集人才,报效国家。

记者:除了这样的正规教育,在社会办学或进行人力和科技培训时,有什么特点?

陈水华:新加坡目前正向高科技工业的方向发展,劳工密集型企业和加工装配工业的模式已逐步淘汰,因此,提高工人素质、发挥工人才干是一个重要的问题。目前,企业一般要交2%的基金用于人才培训,可以把人才送出国外学习深造,也可以请国外专家来讲学。而最重要的是从整体上全面提高人力的素质,1983年,新加坡劳工部等组织调查发现,在工人中,尚有60万人还达不到小学水平,所以,全国发起了基本培训计划,使这60万人在短期内达到小学六年级水平,以适应未来的需要。当然,这是要花很大力气的,除了文化培训,还有科技培训、心理素质培训等等,否则就要影响高科技工业的发展。

记者:目前新加坡这种文化教育格局,除了成功的一面之外,是否存在隐忧或者问题呢?

陈水华:是存在着问题。就教育来看,新加坡近两年来对人的道德教育很重视,因为西方文化中的个人主义观念对新加坡冲击得很厉害,这也是东西方价值观念的碰撞和影响。西方的个人主义对促进经济发展是有好处的,但也影响社会道德。因此新加坡从小学入手搞道德教育,推行孔孟之道,以保持人才良好的道德素质和文化修养。另外,新加坡教育制度的缺点是过于注重文凭,中学毕业为进入好大学、好专业,学生拼命死读书,除了课本知识外,对外面的知识很肤浅。目前怎么弥补这种欠缺,很难说。

记者:综合上边您谈的这些问题,新加坡是否存在着自己的人才管理模式?

陈水华：我以为，新加坡目前还没有产生自己的人才管理模式，就是企业管理也没有。这是因为，在新加坡搞投资和管理的有很多国家，从管理上说，各国都有自己的方法和特点，当然，新加坡也在学习和吸取各国优秀的新方法和管理，但是文化的交融和贯通以及借鉴、创新，并不是一件容易的事，我考虑大约二十年左右的时间才有可能出现新加坡模式。另外一点，新加坡自独立后，前途并不操控在本国人手中，邻近国家和欧美国家政治、经济上一发生变动，就对新加坡产生影响。因此，就新加坡文化教育和人力资源的开发以及经济发展的状况分析，更基本的是亚太地区的政治稳定和经济繁荣。所以，新加坡非常希望邻近国家稳定，并发展友好合作关系；同时，强化训练自己的人才，以期在国际竞争中保持自己的地位和影响，充分提高再造能力。

记者：谢谢您的合作。

牌坊村走出的世纪伟人

——邓小平故居散记

　　车出广安市，沿大道西行十几里，便是中国改革开放的总设计师邓小平同志的故里——协兴镇牌坊村。何为牌坊村？据说明末清初时这里出过一个翰林，全村老百姓便为他立了一个牌坊，这位翰林姓邓，故而这个村庄又称"牌坊邓村"。

　　村口的苍松翠柏间，有一副对联，右边是"翻身不忘毛泽东"，左边是"致富更思邓小平"。楷书工整有力，气韵生动，尤其"更思"二字，颇耐人寻味，体现了深邃厚重的历史感，让读者联想无限，回味无穷……

　　汽车从架子下面穿过，向车窗外望去，只见澄明透澈的蓝天下，阳光灿烂，远处白云悠悠，峰峦起伏，群山含黛；近处，稻禾青青，芳草碧绿，林木葱茏。转眼间，汽车在翠竹环抱、鲜花满地的一处古朴典雅的民居前停了下来。这，就是举世瞩目的小平同志的故居了。

　　这座故居，当地人称"邓家老院子"，是一处青砖灰瓦、坐东朝西，具有典型的四川清末民居风格的三合院，连南北厢房，共17间。正堂屋的门上方有江泽民总书记题写的"邓小平同志故居"七个大字。大门两侧，分别有一棵青绿的榕树，宽大绵长的叶子像温厚的手臂一样伸开，欢迎着来自四面八方的游人。榕树下，又各有一棵油绿的铁树。导游介绍说，这两棵铁树在小平故居前已生长多年。1978年，小平同志复出后，一夜之间，铁树开花，蓓蕾满枝，异香久聚不散。

　　1904年8月22日，小平同志出生在这个院子的一间正屋，当时，祖孙三代人都住这里。父亲邓文明曾就读于成都法政学校，回乡后，任过协兴镇袍哥会长，广安县团练局长。他思想开明，为人正直，品德高尚，因不满官场的腐败和污浊，愤而辞官，另谋生路。母亲淡氏勤劳贤惠，心地善良，上孝父母，下育子女，除了下地干活儿，还要自己磨豆腐、酿酒，是邓家有口皆碑的好媳妇儿，但不幸英年早逝。继母夏培根进邓家后，同样吃苦耐劳，在艰难的岁月里将小平和三个弟弟、三个姐妹先后抚养成人。小平同志在这儿住了15年，度过了童年和少年时代。1919年，面对黑暗腐败的旧中国和苦难的同胞，他决计读书求知，探索人生，科学救国。在父亲的鼓励下，到重庆留法勤工俭学预备学校读书一年。"五四"运动爆发时，他积极参加了革命活动。1920年，他东出夔门，远渡重洋，旅行欧陆，走上了学习科学，寻求真理的道路。1922年，他参加了旅欧中国少年共产党，1923年开始成为一名真正意义上的职业革命家。

　　与小平同志的故居相距5公里的果山山腰处有小平同志祖母和生母淡氏的墓地，坐西朝东，山脚下是流水潺潺的渭河，山顶上是一块大龟一样的巨石，四周灌木丛生，绿树奇丽，野花无数，风景绝佳。墓前的石碑上有一副对联，上联是"阴地不如心地"，下联是"后人须学好人"。据了解，这副对联是小平同志的生母淡氏去世后，父亲邓文明自撰自书的。80年的时间过去了，虽经风雨的剥蚀和侵袭，依然清晰可辨。邓文明在上联与众不同地讲了坟地与心地的关系，坟地再好也难以保佑子孙的幸福和安康，只有心地好才能具有人生的意义和价值。从楹联的对仗和工整说，下联的"好"字改为"先"字更佳，但邓文明却不用"先"字用"好"字，一字之差，其中大有文章。从先人的范畴看，有好人也有不好的人或坏人，一概要求后人学先人，显然不足为道。而学习先人中的好人，才能拨云见日，给子孙后代指出一条好路。由此看，小平同志之所以能够成为伟大的马克思主义者、无产阶级革命家，不能说童年、少年时和父亲的悉心培养教育没有关系。

就在我凝神沉思的时候，有村人对我说，你看墓左侧的这块2米多高的石头里长着一株枝叶繁茂的榕树。根扎在石头缝里，却盘根错节，郁郁葱葱。是的，这多么像小平同志一生的经历和大义凛然、无私无畏的品格，虽饱经苦难和曲折，却百折不挠，愈挫愈奋，即使在石头缝中生存，也要为这世界撑起一片绿荫。

有人把小平同志作为五千年中华第四人，名列孔子、秦始皇、毛泽东之后，我以为并不过分。他的确是一位以自己的一生书写中华民族崭新历史的伟人，特别是在"四个现代化"和改革开放的进程中，为中华民族的腾飞做出了有目共睹、经天纬地的巨大贡献。所以，父老乡亲说他秉山水之灵秀，得天地之造化，进而向游人传达发自内心的深深的爱戴，确实无可厚非。

小平同志从16岁离开牌坊村后，再也没有回去过。有人也曾误解，以为小平同志不关心家乡建设和父老乡亲们的生产生活。然而，毛毛在《我的父亲邓小平》一书中，却把真相说了出来："父亲自己不回老家，也不许我们回去,他说我们一回去,就会兴师动众,骚扰地方。"这种崇高的思想境界与过去的、现在的一些人衣锦还乡、荣归故里、光宗耀祖有何等的差别!

广安的高速公路边上,有一块大牌子,上边是小平同志的手书:"一定要把广安建设好"。九个大字,饱含着小平同志对家乡的深情与期望。而在小平同志的号召下,改革开放以来,广安人民牢记"发展才是硬道理"的教导,各项事业的建设取得了惊人的成就。建市7年来,全市国内生产总值年均递增8.7%,提前三年实现GDP比1980年翻两番的目标,2000年时农民人均纯收入1908元,城乡居民储蓄余额达到了108.5亿元。

广安开始富了,广安人民"富而思源,富而思进",更思念从这块土地上走出去的世纪伟人邓小平。那么,小平同志呢?他不止爱家乡,更热爱中国。生前他曾有过振聋发聩的一句话:"我是中国人民的儿子,我深情地爱着我的祖国和人民。"的确,正因为小平同志对祖国和人民充满了无私的爱,才产生了伟大的力量,像榕树一样把根须深深地扎在了共和国的热土,扎在了人民的心田,向全世界奏响了中华民族改革开放的乐章,使人民走向了小康和富裕,使国家走向了繁荣和富强。也正因为人民对小平同志的追思与怀念,才将小平同志的理论化作了滚滚洪流,迸发了火焰般的激情,使年轻的共和国充满了生命的活力,像铁树和榕树一样常绿常青。

这就是历史,就是伟人与人民的水乳交融!

历史枝头那常青的一叶

——王若飞故居行

  安顺是中国西南贵州高原的一座美丽城市，其境内的黄果树瀑布、龙宫、天星桥等风景名胜奇峰汇聚，星潭棋布，古树森罗，花草遍地，像散落的珍珠一样熠熠争辉。而位于市内中华北路174号院内的王若飞故居更是镶嵌在这座城市里的一颗璀璨的宝石。

  我到安顺的那天，正是五月一个云淡风轻、燕语呢喃的日子。从离开贵阳的那一刻起，实实在在地讲，我的心里就回荡着一种英雄崇拜的情愫。其实，回眸岁月，几十年来这种情愫始终如历史长河中跳动的灯火一样，没有为人生的风霜雨雪所扑灭。我以为，这同一个朝圣者的虔诚是对等的，绝非某种功利的做"秀"和矫情。这是因为，我在少年时代就不止一次地读过杨植霖撰写的《王若飞在狱中》，有的段落至今记忆犹新：且看在国民党阴森可怖的法庭上，法官与王若飞的对话。法官问："你是干什么的？"王若飞："我是共产党员。"法官："你从哪里来？"王若飞："我从江西瑞金来。"法官："你来塞外干什么？"王若飞："专门来推翻你们。"法官："你们的人在哪里？"王若飞："长城内外，大青山下，蒙古草原，到处都有。"法官："你把他们供出来。"王若飞："比登天还难。"

  那时，我的世界观正是朦胧的形成时期，有这样一种精神力量注入自己的灵魂，使我由衷地佩服和景仰那一代共产党人，并影响了自己的人生轨道。

王若飞曾在内蒙古领导过党的革命活动，被捕于包头泰安客栈，后又被国民党关押于绥远监狱、山西监狱。当时的绥远监狱所在地就是现在我们生活的呼和浩特市。王若飞被捕入狱后，是做了充分的牺牲准备的。舅父黄齐生到监狱看望他时，曾问王若飞，你这样刚直不阿，他们不会放过你的。设有不幸，遗体何归？王若飞坦言：一火了之，苟有幸，葬于昭君墓侧。接着又说，我已托人花20元在昭君墓侧买下了一块墓地。

一位来自大西南的优秀共产党人，入狱后，面对的是百倍、千倍于自己的疯狂敌人，但他却没有丝毫怯懦和动摇，从容坦荡地向亲人交代自己的后事，这是怎样的一种视死如归！昭君墓就在呼和浩特市南郊，我曾无数次去过那里，每每在青草与鲜花之间寻觅两千年来流传的那个香溪女王昭君与匈奴单于悲欢离合的故事时，便会想起王若飞的语言，便有一缕阳光洞穿了心灵的隧道，并且覆盖了历史的残梦，使昭君墓的故事在一位无产阶级革命家那里得到全新的解释。

现在，我已来至王若飞人生的起点处，试图真正理解和领悟其作为一位伟大的马克思主义者的奥义。

中华北路边，顺着一条窄窄的巷子走几步，迎面而来的便是一座两米多高的门楼。楼檐下，书有黑底烫金的"王若飞故居"五个大字，紧邻其下又有王若飞手书"一切要为人民打算"的横幅。从门楼进入，穿过过道和朝门，便是一座小巧玲珑、轩敞静雅的四合院，内有正房、左右厢房和对厅房等四栋木结构平房建筑，一色的木青瓦屋面。

正房坐西向东，院子中有一道两米多高的影壁，壁上有浮雕星草花朵图案，壁前设有花台鱼缸。正房后面，有一小小花圃，对厅房后边，种有桑树、果树，并有假山。看得出，当年的主人建筑构思是十分精巧的，宁静、闲适、温馨中浸透了一种文化格调。

1896年10月11日，王若飞就诞生在这座四合院。那时，清朝正处于风雨飘摇中，帝国主义列强的铁蹄早已肆无忌惮地践踏着中华锦绣山河，而灾难深重的劳苦大众正在帝国主义、封建主义的双重枷锁下屈辱地生存。不过，从四合院的格局看，王若飞的先辈日子是富裕和殷实的，远非一般平民百姓能比。那高高的门楼和围墙让他们把自己圈在里边，既防止匪祸、兵乱、流氓、地痞的骚扰，又为自己的财富和心灵寻一方安宁之地，做一个守土有责的臣民，这是那个时代许多有钱人的选择。但是，等到了他们的后代，也就是王若飞这一代人时变了。你看，李大钊、毛泽东、刘少奇、邓小平几乎都有与王若飞类似的出身。比如李大钊，他的祖先是村里极有头脸的人物，拥有三进大宅院和近百亩耕地。但是，他却在17岁时考取了北洋法政专门学校，后来东渡日本留学，归国后，很快成为马克思主义在中国的启蒙者，并同陈独秀、毛泽东等人一起缔造了中国共产党。1927年4月12日，就在蒋介石疯狂屠戮共产党人后不久，李大钊在北京也被封建军阀送上了绞刑架。是什么原因使他们脱离自己的家庭，不惜身家性命，走上革命道路的呢？我以为其逻辑链条是，由树立民主自由、读书救国的理想到产生推翻黑暗统治的政治抱负；由实践为中华民族谋求解放和幸福的生存准则到自觉接受马克思主义，成为一个坚定的共产主义者。

王若飞在故居仅仅生活了几年，儿时的梦尚未做完整，便由于父亲的去世而破碎了。所幸的是，他有一个非常好的舅父黄齐生，是贵州著名的民主教育家。他把他带到了贵阳达德学校，在那里读书，开阔视野，树立人生的目标和理想。

1918年，王若飞到了日本留学。仅仅一年，"五四"运动的大潮便震惊了世界。作为热血青年，王若飞毅然回国，积极参加了爱国斗争。1920年，他再次出洋，到法国勤工俭学。1922年与周恩来、蔡和森等同志组成"中国共产主义青年团旅欧支部"，并为负责人之一。同年秋天，王若飞转为中国共产党正式党员。1923年，他去莫斯科东方大学深造。1925年回国，先任中共豫陕区委书记，后调上海任中共中央秘书长。1928年，到莫斯科参加中共第六次代表大会，后为驻共产国际的中共代表团成员。1931年回国后，在陕甘宁绥组织领导武装斗争，10月在包头被捕入狱。

1937年7月，由于抗日战争形势的变化和中国共产党的全力斗争，国民党被迫释放了王若飞。回到延安后，他出任陕甘宁边区宣传部长、八路军副总参谋长、中共中央秘书长等职务。1945年8月，他随毛泽东、周恩来等赴重庆与蒋介石谈判。1946年4月8日，在乘飞机返回延安途中，不幸于山西黑茶山遇难。

他的战友周恩来曾痛彻心脾地说："失掉了他，好像失掉了一种力量，失掉了一种鼓励，失掉了一个帮手。"

不过，更多的共产党人、革命战士却记住了他那句斩钉截铁、掷地有声的话："一切要为人民打算。"那是王若飞一生的光辉写照，它会与时俱进，永远铭刻在共产党人的心间！

　　1982年，安顺市兴建了虹山公园。家乡人民怀着崇敬的心情用汉白玉雕塑了王若飞烈士像，乌兰夫同志亲笔书写了九个大字："王若飞同志永垂不朽"。

红与绿的交响诗

——革命圣地遵义纪行

五月,正当云贵高原火红的杜鹃花在轻风细雨中绽放的时候,我随"革命圣地行采访团"踏上了历史文化名城——遵义这片罗山带水的红色土地。她北倚娄山,南濒乌江,环城而立的是苍翠碧绿、雄峻险要、绵延不绝的群山……清澈的湘水河玉带一样从城中穿过,将英雄的山城劈为新老二区。河西岸,有古香古色的亭台楼阁,更有婀娜多姿的绿树和草地,再往里是拔地而起的现代化的高楼大厦。街道上车流滚滚,行人匆匆。马路边商铺林立,牌匾多秀,让人眼花缭乱。浓墨重彩中显示出山城深厚的文化底蕴和强烈的改革开放意识,又让你不得不抚今追昔,去思考60多年前那次震惊中外的会议所产生的摧枯拉朽的风暴一样的力量,以及后来对中国和世界的深刻影响……

遵义会议会址就像一部大书。它的一砖一瓦、一桌一椅都透出一种凝重的历史沧桑。它在中共党史和中国人民解放军史上书写了流光溢彩的一页,在苦难的中国版图上,划出了一条历经曲折的璀璨夺目的红线,给后来者留下永远的回味和咀嚼。

它坐落在遵义市红旗路(原名子尹路)中段80号,是座红墙青瓦的漂亮小楼。

它原是国民党第25军第2师师长柏辉章的私宅,是遵义当时最宏伟壮观的建筑。进大门后，迎面便是写着"慰庐"、"慎笃"的牌坊，过牌坊后是青石铺地的小天井，北侧便是主楼。它坐北朝南，为中西结合的二层砖木建筑，面阔六间，歇山顶，四周回廊在明间处截止，底层也有走廊，东西两端各有一转角楼梯。

1935年1月，中央红军移师贵州，于4日夜间攻克了遵义城。部队在稍事休整之机，中央政治局按黎平会议的部署，抓紧时间在15日至17日召开了政治局扩大会议。会址定在二楼东走道的一间小客厅，面积约27平米。室中央放着一张赭色长方桌，四周围着一圈木架藤边折叠靠背椅，北墙下放着一个引人注目的木炭火盆。

当时出席会议的有：毛泽东、朱德、陈云、周恩来、张闻天、王稼祥、秦邦宪（博古）、邓发、刘少奇、何克全、邓小平、刘伯承、李富春、林彪、聂荣臻、彭德怀、杨尚昆、李卓然、李德（奥托·希劳思）、伍修权等。

会议的背景要从1934年谈起。那年的10月，中央红军由于在国民党蒋介石的第五次"围剿"中遭受重创，被迫放弃苏区，实行战略转移。而原来推行"左"倾错误的中共中央领导人，在突围和战略转移中，又犯了退却中的逃跑主义错误，尤其湘江一战，损失惨重，使红军和中央机关人员从8万多人锐减至3万多人。在事实的教训下，毛泽东积极建议放弃向湘西进军，改道国民党军事力量相对薄弱的贵州并适时召开会议纠正中央在军事和组织上的一系列错误。

那些日子里，红军的前途和命运就像一只磨盘沉重地压在了决策者们的心中。李德的刚愎自用、博古的脆弱自卑、周恩来的凝重焦虑、张闻天和王稼祥的深明利害、毛泽东的自信果断，皆成强烈的对比。毛泽东、张闻天和王稼祥在会议期间先后作了重要发言，尖锐地批评了有关领导人在第五次反"围剿"战争中实行单纯防御、长征中实行退却逃跑的严重错误。经过激烈的争辩和思想的交锋，最后在斗争的基础上形成了基本一致的意见。会议作出了《中央关于反对敌人五次"围剿"的总结的决议》，增选毛泽东为中央政治局常委，取消了由博古（秦邦宪）、李德、周恩来组成的三人团，由朱德、周恩来为军事指挥者。

总之，遵义会议在事实上确立了以毛泽东为核心的党中央的正确领导，在极其危急的情况下挽救了中国共产党、中国红军和中国革命，成为党的历史上一个生死攸关的转折点。此后，在毛泽东的正确主张下，顺利完成了"四渡赤水"之战，改变了被动局面。

遵义市北郊有座红军山，红军山上有座红军烈士陵园。遵义人年年岁岁都要上山看望、祭奠长眠于山林之中的红军烈士。

站在城郊的马路上，仰头望去。环形的山脉苍翠欲滴，绵延起伏，山峰像宝剑一样冲天而起，雄秀奇丽。峰顶上几棵矫健昂扬的塔松哨兵一样忠实地守卫着山下的一切，山腰间盛开着杜鹃花、三角梅，在重重叠叠的绒绣一样的绿色中仿佛传递着英雄们的信息，面对清风絮语着那个血与火的岁月和一个又一个催人泪下的故事……

红军烈士陵园坐北朝南，依山而建，占地60多公顷。园中有"红军坟"、"邓萍烈士之墓"、"红军烈士骨灰堂"、"红军纪念碑"等。

1935年1月初，红军攻克遵义时，曾与国民党军队有过一场残酷而激烈的战斗，枪炮声中，不少红军战士倒了下去……新中国成立后，遵义人民将红军烈士的遗骨先后迁到了小龙山，并改其名为"红军山"。经过几十年的修建，从山脚到陵园顶端共砌了280级台阶，宽6米，并修了一条1000多米的环山道，以方便参观瞻仰的人们。

当我驻足红军烈士纪念碑前的时候，正午的阳光柔和地照耀在碑身上。由邓小平同志手书的"红军烈士永垂不朽"八个大字熠熠生辉。碑高30米，下宽6米，顶部宽2米。碑外是一个直径20米，周长60余米，高2.7米，离地2米的大圆环。圆环外壁镶嵌四组汉白玉浮雕，内容是红军强渡乌江、遵义人民迎红军、娄山关大捷、四渡赤水。大圆环由5个高5米，用紫色满天星石雕砌成的红军头像托着。东南侧是一个老红军，西南侧是一个青年红军，东北侧是赤卫队员，西北侧是女红军，象征红军威震四方。

令我惊讶的是整个纪念碑和广场周围，除了鲜花与绿草之外，干净得没有痰迹，没有塑料袋，甚至连一个烟蒂都找不到。可以想象，红军在遵义人民心中具有多么崇高的位置。他们将纪念碑和广场视同自己圣洁的心灵一样，不允许它蒙受些许尘埃，更不允许它蒙垢含羞。这是一种多么神圣的情怀！

然而，事实并不止于此。让我更深地体会到遵义人民对红军的怀念和追思的是在"红军坟"前。这座坟高约3米，墓前正面的石碑上刻有"红军坟"三个大字。墓中长眠着一位红军卫生员，广西人，牺牲的时候才16岁。据说，红军到达遵义后，他一边为红军战士医伤治病，一边又为当地的老百姓送医送药，后来不幸被反动派杀害。紧邻着坟墓的，是他的一座镀铜雕像，脖子上和肩膀上挂满了红色的缎带。一位当地的老人告诉我：在遵义，人民群众是把红军作为天神一样敬仰的,在这座红军雕像的身上,一年四季都披挂着红缎带,每当风雨侵蚀一段时间后,便有人自觉把雕像从头到脚揩拭干净,再把旧的缎带换下,新的换上,以使雕像和缎带常新常红……另外,瞻仰者每来雕像前,必要摸摸红军雕像的两只大脚,以祝红军的足音代代相传。久而久之,脚上的镀铜竟然剥落,脚面上留下了凸凹不平的痕迹。谁又能知道,这抚摸之中含有多少群众朴素的真情和向往!

回驻地后,翻史料方知,遵义人民对红军的感情不但由来已久,而且深似河海。当年红军占领遵义后,周恩来从团溪经过深溪水、桑木垭随中央队进城,通过南门关,走上一座用青石砌成的圆拱石桥时,看到不少民众敲锣打鼓在桥头上欢迎,有的手里摇着三角小旗不断高呼口号:

"欢迎朱毛总司令!"

"欢迎中国工农红军!"

"中国共产党万岁!"

周恩来当时非常奇怪,遵义人的觉悟为什么这样高?对红军的感情为什么这样真?经询问方知,原来是地下党的工作做得好。

可见,在将近70年的历史中,遵义人民对党、对红军的感情是一脉相承的,代代相传,延续至今。当革命遭受挫折、处于危难之时,他们挺身而出,默默地分担红军的苦难与重负;当革命走向坦途时,他们一如既往,勇往直前,创造和开辟未来的新天地。

这种可歌可泣的"遵义精神"当然反映了我们中华民族精神的内涵。当我从并不久远的历史中走出,拂去记忆的雨雾和人性的尘埃时,英雄的遵义人民正处在改革开放的新的征程中。2000年，全市国内生产总值已达240.88亿元，财税总收入实现24.14亿元，其中地方财政总收入实现11.58亿元。在经济建设和党的建设方面，都取得了令人瞩目的成就。

　　是的，目睹遵义的变化，我所体察到的是，遵义人民从来就没有忘记英雄的传统和红军的历史，从来就没有辜负革命先烈的期望和嘱托。

　　就这个意义讲，遵义永远是红色的，不独因为得天独厚的红土地，更因为红军、鲜红的党旗以及无数烈士们的鲜血；遵义又是绿色的，这不仅包括遵义满山遍野的森林和绿草，还包括遵义人民生命之树中生生不息的创造力。因此，红色与绿色的交响一定是遵义，也一定是共和国最美好的华彩乐章。

叩访延安

这，就是朴素平凡、稳实厚重却又让我梦牵情绕、日思夜想的延安了。

黄土山、黄土沟、黄土坡、黄土洼簇拥着十几里宽的黄土大川边上这座贫瘠的山城。一条延河从城中曲曲弯弯流过，使城市的整体结构零乱而分散，站在桥东喊一嗓子，好半天桥西才能回应一声。街头没有现代化的高楼大厦，没有珠光宝气、招摇过市的女人，没有"奔驰"、"宝马"等气势汹汹、骄横无忌的名车；也没有盯着地面看蚂蚁搬家的公子、小姐，更没有眯着眼睛直起脖子仰视天空，幻想拨云见日寻找第九个太阳的闲汉、婆姨。小巷里有的是鸡娃子叫、狗娃子咬，小毛驴儿拉车大白马跳；有的是录音机里放着的秦腔、信天游、陕北道情，从早到晚不绝于耳；有的是"榆林羊肉面"、"吴旗剁荞面"、"子洲黄米饭"，吃一口，热乎乎，再吃一口，香喷喷，直到最后饱嗝不断却还要再瞅一眼门帘儿后的厨房；更有的是清凉山、凤凰山、宝塔山、二连山，山山相接，水水相连，绵延不绝，诉说着那数不清、道不完的动人心弦的故事。

然而，延安是革命圣地，是中国历史文化名城。所以为圣地，是因为从1937年1月13日至1947年3月18日，这里是中共中央的所在地，陕甘宁边区的首府，中国抗日战争和解放战争的指挥中心。在毛泽东、周恩来、刘少奇、朱德、任弼时等无产阶级革命家的领导下，延安的革命熔炉里，培养锻造了成千上万的抗日英雄、革命干部和战士，成了中华民族解放的希望和象征。所以为中国历史文化名城，是因为在火红的延安革命岁月里，诞生了中国化的马克思列宁主义和毛泽东思想，诞生了"坚定正确的政治方向，实事求是的思想路线，全心全意为人民服务的根本宗旨"，"自力更生、艰苦奋斗"的延安精神；诞生了"理论联系实际，密切联系群众，批评与自我批评"的中国共产党的"三大作风"；以及《黄河大合唱》、《逼上梁山》、《夫妻识字》、《兄妹开荒》、《南泥湾》、《翻身道情》等一大批经天纬地的文学艺术作品；诞生了杨家岭、枣园、王家坪、南泥湾、桥儿沟等近百处革命文化的新址，直到今天，依然璀璨夺目，熠熠生辉。

2000年7月流火的日子里，我的确是带着一种朝圣者的心情走进延安的。为此我还带着女儿和她的伙伴，目的是感受延安，去寻找那半个多世纪以来激励中国人民的伟大的精神动力，从革命的历史长河中掬起一朵朵美丽的浪花，以铭记先辈们在艰难困苦的环境中所创造的一切。也为的是让延安的革命精神在我和我的女儿身上得到传承，特别是女儿，能够进一步地延续和发扬这种精神。

我的第一个目标是凤凰山麓。它位于延安城西凤凰山下，党中央初到延安时就驻在这里。"西安事变"爆发后，在由土地革命战争向抗日民族战争转变的历史关头，毛泽东、周恩来等人审时度势，通过和国民党多次谈判，促成了以国共合作为基础的抗日民族统一战线的建立。在毛泽东坐北朝南的三间简陋的窑洞里，除了简单陈旧的办公桌椅外，最让我惊心动魄的是那个毫不起眼、土里土气的木炭火盆，因为它和伟大的军事名著《论持久战》联系在一起。当年，毛泽东为了指导抗日战争，每天除去废寝忘食的工作外，还要呕心沥血、夜以继日地写作，由于精力过分集中，有一次，他的棉鞋被火盆烤着了。《论持久战》后来被列为世界十大军事名著，其思想和智慧，举世公认。然而，又有多少人能知道它是出自这间窑洞，并且是这个木炭火盆在寒夜中温暖着毛泽东，让他灵气飞扬，运筹于帷幄之中，决胜于千里之外呢？

  旁边的一间窑洞是毛泽东的会客室，不平的砖地上靠墙放着一张旧八仙桌、一张旧太师椅、一只木凳子。1938年的4月初，延安草长莺飞的时候，就在这里，毛泽东会见了加拿大共产党员白求恩，俩人有过一次彻夜长谈。毛泽东把椅子让给了白求恩，自己坐着凳子，讲述着中国人抗日的思想和观点。白求恩通过这次长谈，真正了解了毛泽东，称他是"一个巨人"，是世界上最伟大的人物之一。而毛泽东后来在白求恩上抗日前线不幸殉职后，写下了著名的《纪念白求恩》一文，对其国际主义精神和共产主义精神进行了高度赞扬，号召中国共产党的每一位党员都要学习白求恩，"做一个有益于人民的人"。今天读来，仍然感人至深，当之无愧地成为中华民族最优秀、最先进的文化瑰宝之一。

  1938年11月20日，由于日寇飞机轰炸凤凰山，党中央迁到了延安城西北五华里处的杨家岭。这里安静、隐蔽，两座土山之间夹着一条土沟。党中央在这里领导了大生产运动，召开了延安文艺座谈会和党的第七次全国代表大会，迎来了抗日战争的胜利。我所参观的第一个地方是中央大礼堂。进门后，迎面是悬挂于主席台上方的两道横幅："在毛泽东思想的旗帜下胜利前进"和"中国共产党第七次代表大会",整个会场的长条木椅和主席台上的陈设一如昨天整洁而干净,简练而明快。凝神细听,仿佛领袖们的声音和代表们的讨论声依然在穿越着时空隧道,叩击着后来者的耳鼓。是的,1945年的4月至6月,党的第七次代表大会在这里召开,755名代表开了50天的会,本着坚持真理、修正错误的态度,认真总结了中国共产党成立24年来的经验,制定了党在民主革命时期的总路线,确定了毛泽东思想为党的指导思想。会上,毛泽东作了《论联合政府》的政治报告,提出了中国共产党的三大作风,是对党在长期革命斗争中形成的一整套优良作风进行的经典概括。

从中央大礼堂出来,不远处便是掩映在垂柳丛中的中央办公厅楼,一楼的北侧为中央图书室,南侧为中灶饭厅。1942年5月,中宣部在这里召开了延安文艺座谈会,有上百人参加,毛泽东亲临会场并发表了著名的《在延安文艺座谈会上的讲话》。丁玲、刘白羽、罗峰、草明、田方、陈波儿等许多文艺工作者出席了这次会议,他们中的绝大部分后来成为中国的文化名人。而当年,他们却是坐在简陋的木椅和条凳上,抽着劣质烟叶,喝着白开水侃侃而谈文艺工作者的立场、阶级感情等等。的确,延安文艺座谈会总结了"五四"运动以来文艺运动的经验,解决了革命文艺为谁服务、怎样服务等问题,理所当然地成为无产阶级文艺运动的重要里程碑。出了中央办公厅楼,顺着小路往上走时,半山坡上一字排开的是中央统战部旧址,刘少奇、毛泽东、朱德、周恩来旧居,秘书处旧址、中宣部和中组部旧址。在刘少奇故居前一步之遥,有一个石桌和三只石凳。这里,毛泽东当年曾和美国记者斯特朗谈过话,斩钉截铁、掷地有声地讲出了一个伟大的真理："一切反动派都是纸老虎。"

1942年11月，刘少奇由华中回到了延安，住进了杨家岭的窑洞，写出了《论共产党员的修养》、《清算党的孟什维克主义思想》、《论党》等著作，为加强党的思想理论建设，阐述、确立毛泽东思想做出了重要的贡献。要知道，在敌人的封锁合围中，在物质生活极度贫困的条件下，在图书资料又极度匮乏的情况下，完成马克思主义理论的创新，天知道需要多大的毅力、勇气和胸怀！因此，伟人之所以成为伟人，就在于他们面对凶险、贫困和艰苦时的傲然挺拔、大义凛然。毛泽东如此，周恩来、刘少奇、朱德也如此。离开杨家岭后，我带着女儿和她的伙伴来到了延安城西七里处的枣园。这是一个非常美丽的地方，园中有梨树、桃树、杏树，春花夏阴，秋实冬银，环境幽雅，风光独秀，不愧为延安一大胜景。

进大门后不远处便是中央书记处小礼堂，1941年建成。大生产运动时，这里举行过纺线比赛，抗战胜利时，这里签发了我军受降和配合苏军作战的七道命令……而最值得记述的莫过于1945年8月25日，中央政治局在此开了整整一个通宵的会，研究通过了毛泽东亲赴重庆同蒋介石谈判的决定。

而在枣园的西北，那条著名的幸福渠边，曾是张思德追悼会会场，毛泽东情真意切、感人肺腑地发表了《为人民服务》的演讲。因为他深知，只有在全党确立完全彻底为人民服务的宗旨，才能赢得最广大人民群众的拥护，才能取得中国革命的成功。

参观枣园的时候，我一直以为女儿就跟在我的身后，不曾想，当我走到二连山的半坡，回头看时，却远远地看见女儿和她的伙伴坐在一棵大槐树下吃起了雪糕，无论怎样招呼，她们也不肯过来。

下山后，当我问女儿为什么不再上山参观时，她和伙伴一起回了我一句："没意思！"说实话，这句回答让我心寒，但转念一想，不能怪孩子，她毕竟年幼无知，要怪只能怪我自己，没把革命和延安精神讲透、讲好。于是，我决定再返回延安城北的八路军总部——王家坪继续参观。

在毛泽东旧居前的石桌石凳上，1946年3月11日，毛泽东与从苏联留学归来的大儿子毛岸英有过一次非同寻常的谈话。久别重逢，年过半百的毛泽东看到啃了"洋面包"、喝了"洋墨水"的儿子是异常激动的，他非常想让儿子待在自己的身边，以享天伦之乐，但在理性上，毛泽东却毅然决然地让儿子去吴家枣园拜劳动英雄吴满有为师，上"劳动大学"，以培养和锻炼儿子的革命意志和艰苦奋斗的精神。秋后，毛岸英背着自己生产的小米回来了，毛泽东将喜泪藏在了心中：儿子成熟了。

当我讲述这些故事的时候，女儿的脸上一片茫然。她反问我："干啥不好，非得种地吗？"她当然不懂延安的处境和条件，大生产是在敌人的封锁和包围之中进行的。对于贫穷的陕北来说，继续增加群众的负担无异于犯罪。所以，毛泽东在最困难的岁月里提出了"自己动手，丰衣足食"的主张，并在杨家岭种菜，周恩来参与了纺线，朱德总司令将回防边区的一二〇师三五九旅从绥德调往南泥湾，用三年时间开垦了万亩良田，实现了全部自给。毛泽东送儿子种地，当然是为了使毛岸英在劳动中接受锻炼，以增强他对劳动人民的感情，以成为一个经历风雨洗练，意志坚强的革命者。

　　当我耐心地讲述自己的观点时，女儿若有所思地点了点头。是的，半个多世纪过去了，"延安"在今天年轻和更年轻一代人的心中已变得有些陌生，有些距离，更有些扑朔迷离，飘忽不定。他们已很难理解"延安"这两个字的深刻内涵。我以为，不到延安，就不知道中国共产党在当时的历史条件下是怎样代表和创造中华民族最优秀和最先进的文化的；不到延安，就不知道中国共产党是怎样从一点一滴的细微处实践和代表最广大人民群众利益的；不到延安，就不能从大生产运动中找到一个政党在艰难困苦之中发展和代表先进生产力的过程和素质。

　　所以，延安是革命者的精神家园，延安文化是源远流长的中华文化中的一块历史的丰碑，是今天每一位共产党人的教科书。2000年在新旧世纪的交点上，江泽民同志提出了中国共产党"三个代表"的重要思想，既是对延安精神的继承和发扬，也是中国共产党在新的历史条件下的理论创新，更是中国共产党成立以来把自己的血脉延续到子孙后代的重大战略主张。古人云：生于忧患，死于安乐。为此，面对孩子，面对世界的挑战，我们必须说：延安精神，永放光芒！

天险娄山关

　　正午的阳光流金泻银一般照耀着娄山关。
　　站在关前，山风徐来，一条川黔公路恰似蜿蜒盘旋的巨蟒从南曲折而来又向北曲折而去。古老的关隘，金刚一样左右雄立于谷底的一道山坡之上，如一只锋利的老虎钳张开大口，扼住了脚下的咽喉要道，仿佛随时都要切断巨蟒，演绎出历史的感叹与英雄的血泪。真正是一夫当关，万夫莫开！深壑幽谷中，举目望去，但见一线青天中流云游走，鹰飞雕舞，透过空谷。远处，绵延不绝的崇山峻岭如波似浪，险峻雄奇；近处，两山对峙，群峰环立，宝剑一样仰天长啸；峰顶上，苍劲的塔松昂首挺立，虬枝峥嵘，如英姿勃发的哨兵一样守护着脚下的山体，以及山体上生长的密不透风、层层叠叠的绿树、藤萝、野草、五颜六色的野花和飞来飞去的鸟儿。回顾左右，右手处一座宽25米、高13.55米的钢筋混凝土纪念碑雕刻着毛泽东手迹"忆秦娥·娄山关"，云南大理石面上纯金贴字，笔走龙蛇，气势磅礴，让巍峨的古隘平添了许多英姿与豪迈。在关口小尖山西侧的广场上，有高11米、基台宽6米的娄山关红军烈士纪念碑，碑上鎏金阴刻的题词"遵义战役牺牲的红军烈士永垂不朽"出自于张爱萍将军之手。娄山关北侧坡道边的崖壁上，是中国著名书法家舒同题写的三个遒劲刚健的大字"娄山关"。

上个世纪的1935年1月4日，毛泽东率领的中国工农红军于深夜攻克遵义城。紧接着，中共中央在遵义召开了政治局扩大会议。从此，确立了毛泽东在党中央的领导地位，这就是中国革命史上具有伟大历史意义的遵义会议。为了保证这次会议的召开，同时防止北逃之敌回窜遵义，总参谋长刘伯承布置红一军团第二师第四团夺取娄山关，占领桐梓县城。1月9日，红四团在团长耿飚、政委杨成武的率领下，向娄山关发起总攻。时值寒冬数九，冷风刺骨，而红军战士却忘记了饥寒交迫，奋不顾身地冲向关口周围的制高点。守关的国民党侯云坦部，凭借地形优势，居高临下，拼命反抗，因此，战斗非常艰苦激烈。子弹打完了，手榴弹扔完了，红军战士就在山顶与国民党军队展开白刃战，最终，一举攻克了娄山关。接着又乘胜追击，进占桐梓县城，俘敌数百人，歼敌两个团，进抵黔北，与川军对峙，达到了以娄山关为屏障，保证遵义会议顺利召开的目的。此为一打娄山关。

时隔不久，1935年2月，蒋介石得知中央红军主力的行踪后，集中了150多个团，40余万兵力合围红军，妄想围歼红军于黔北地区。因此，中央军委决定，趁敌人包围圈尚未形成，立即北渡长江，与四川红军会合，在川西北建立革命根据地。于是红军分三路向川南挺进，给敌人造成红军北渡长江的错觉，然后出其不意，二渡赤水，回师贵州，以歼灭王家烈部为主要作战目标，粉碎了蒋介石的合围计划。2月25日晨，红军重占桐梓，接着彭德怀领导的红三军团疾进，在关北红花园与黔军第六师第二团遭遇。敌被击溃，退守在娄山关，占据了入关隘口两翼高地，并将主力放在点灯山，构筑碉堡工事，用火力封锁下山出路，以负隅顽抗。

据载，2月25日晚上，彭德怀面对墙壁上地图，提着马灯把娄山关的山形、地貌、道路以及四周的山峰何处易攻、何处易守，反复查看多次，直到准确无误，才准备稍事休息。正在这时，接到周恩来电话，询问战斗部署，并要求一定要战胜敌人。彭德怀当即回答："请党中央放心，26日一定拿下关口，我彭德怀用头作保证。"

放下电话，彭德怀和衣躺下不一会儿，村子里传来鸡叫声。他一跃而起，带着参谋长邓萍和作战参谋，策马扬鞭，直奔娄山关。这是26日拂晓，寒霜满天，长空雁叫，而娄山关周围几十里的山峦，此时已是一片火海，关口东北侧峭壁嶙峋的点灯山上，更是火光交织，硝烟滚滚。担任主攻的红十二团、十三团在团长谢振华、彭雪枫的率领下向点灯山高地发起猛攻。战士们凭借树林的掩护，爬上峭壁陡岩，英勇无畏地冲向守敌，而黔军居高临下，向红军俯射，枪弹声铺天盖地而来，直打得烈焰腾空、浓烟四起……经过一场激烈的战斗，红军攻占了娄山关附近的10多个山头，突破了敌人的右翼高地防线，并歼灭左翼敌人大部，进占板桥。关上守敌在红军的进攻下，乘夜幕弃关逃窜。2月27日，红军又乘胜进占遵义，击溃黔军三个团。之后，又南下迎击吴奇伟部两个师，全歼蒋军于老鸦山麓和乌江岸边。至此，红军主力在四日之内，连克桐梓、娄山关和遵义，击溃黔军八个团，歼灭蒋军两个师，俘敌3000余人，夺得了长征以来的第一次重大胜利。

得到红三军团娄山关大捷的喜报，大智大勇、纵横捭阖、颇具诗人气质的毛泽东，立即戴好军帽，策马扬鞭，同周恩来、朱德等，随着浩浩荡荡的铁流，走上了"万峰插天，中通一线"的雄关隘口。当他们在雕刻着"娄山关"三个阴文大字的石碑前停下时，西天的残阳正要从万山峰壑间落下，火红的亮光透过舒卷的云层，使晚霞似血，辉映天地，凛冽的西风，不时地掀起了远征将士们风尘仆仆的征衣，严寒刺骨……百感交集、心情凝重的毛泽东，曾抚摩着冰凉的石碑对周恩来说："好一座铁关，终于被我们敲开了！"

仅仅相隔一月有余，红军二打娄山关，并大获全胜，这完全在毛泽东的意料之中。

70多年过去了，今日的娄山关雄姿不减，豪气依然，特别是那记录着伟人和烈士们业绩的诗壁和碑铭以及清风中浸染过英雄们血与泪的一草一木、一砖一石，仍然提示着革命者在艰苦卓绝的困境中所体现的扣人心弦的伟大精神，令高山仰止，令世界震撼，令所有的来者在沉思中觉醒、奋起，迎着历史的风烟，迈步踏向新的征程。而另一重大意义还在于，任何一个国家、一支军队，乃至一个人，想凭借天险，好逸恶劳，坐享其成，肯定无济于事，其结果必然适得其反，终究会酿成悲剧，导致失败的命运。这，就是天险娄山关所证明的一条铁律！

阳 郎 坝

——我永远不会忘记你

从贵阳出来，顺210国道北行，沿途皆是崇山峻岭。待走到40余公里处，一条东西走向、开阔平缓的山冈凸现眼前。山冈下边是一条宽阔无水的山谷，对面的大山脚下，向阳处，一道青灰色的、三米多高的围墙如同一条僵硬弯曲的大蛇，沿着山势将一片同样青灰色的陈旧的建筑围在其间。围墙上架有一米多高的铁丝网，从山冈望去，阳光下的铁丝发出阵阵狰狞可怖、捉摸不定的光……围墙边，每隔一段距离，便是一个白灰色十数米高的碉楼，很像一个个除去武装的俘虏，懒洋洋、孤零零地立在那儿。在云岚雾霭、草绿树青间独现一种铁血般的阴冷和残酷。这，就是阳郎坝，国民党军统息烽集中营本部。

息烽集中营是国民党军统关押、迫害、残杀共产党人和进步人士的监狱。其两万多平方米的土地面积，可以说，每一寸土、每一叶草上都洒满了革命烈士的鲜血，每一块砖、每一块瓦上都记录着刽子手的残暴与凶狠。

息烽集中营建于1938年11月，但其历史却可追溯到1927年。那一年的4月12日，蒋介石叛变革命，不仅疯狂屠杀了一批优秀的共产党人和革命群众，同时也逮捕了一批共产党员和进步人士，他把他们囚到了设在南京的国民党"军人监狱"。直到1937年，"七七"事变后，日寇大举进犯，南京岌岌可危，蒋介石本当以民族危亡为重，无条件释放共产党人，以共赴国难，但他却一意孤行，继续积极反共，消极抗日，令军统将这批"囚犯"迁至武汉，再迁湖南益阳，最后转移到息烽的阳郎坝，设监关押，直到1946年7月。

据统计，息烽监狱先后共关押过220余名共产党人和进步人士，有数万名革命者惨遭荼毒，为中华民族的革命事业献出了宝贵的生命。而在军统内部，由于息烽监狱的规模和关押"犯人"的重要，将其称之为"大学"，也即当时全国的第一号大牢；而重庆望龙门看守所为"小学"，重庆白公馆监狱为"中学"。

军统特务们在凶残刻毒的另一面，却又唱着一首"仁义道德"的赞美诗。1941年，戴笠的心腹、毛人凤的侄女婿周养浩担任了监狱长。他在严刑拷打、威逼利诱革命志士的同时，用伪善的面孔以"慈悲为怀"，装模作样地改善监狱的条件搞所谓"狱政革新"，称"犯人"为修养人。在一处空地修建了一个明心湖，并请戴笠题了词，幻想用攻心策略，让共产党人和革命志士通过放风，在湖边游览、散步，以洗心革面，改"邪"归正，为军统所用。另外，取消了重犯在天井放风时单独站立的木笼子，还增加了国民党报刊的订阅量，以供"犯人"阅读和参考。千方百计地试图以"软"的一面来感化犯人，达到瓦解人心、涣散斗志的目的。其实，在他假仁假义的背后，军统特务们每时每刻都像苍狼一样瞪着血红的眼睛，密切注视着狱中的风吹草动。

就在周养浩让"犯人"们做工、读书、办报刊的同时，中共四川省委书记罗世文、中共川西特委军委委员车耀先秘密组织了狱中党支部，并分别担任了支部书记和支部委员，发动难友们同敌人进行了巧妙的斗争。他们利用狱中刊物《复活月刊》，不断发表进步文章，鼓舞革命者的斗志。另一位支部委员韩子栋（小说《红岩》华子良原型），利用各种条件传递情报信息。中共重庆新市区区委委员、狱中支部重要成员许晓轩（《红岩》中许云峰原型之一），当周养浩让他在一棵树上刻"先忧后乐、忠党爱国"八个字时，他爬到了树上，只刻了前边的"先忧后乐"，坚决拒刻后边四个字。半个多世纪过去了，狱中的那棵树至今还在，越长越粗，而"先忧后乐"四个字依然清晰，熠熠生辉，把一个坚强不屈的共产党人的人生态度表达得干脆利落、通体透亮，给困境中的难友们带来了激励和信心，更给今天的后来者们留下了无限的启迪和思考。还有张露萍、宋绮云、刘丕光、文泽等共产党员，杨虎城、黄显声、徐林侠、杨醒民、邓演达、马寅初等爱国志士，包括"小萝卜头"宋振中，只要你跨进监舍，走进刑讯室，便会感受到他们当年面对敌人屠刀和藏着毒药的蜜糖时的大义凛然、智慧豪迈、坚贞不屈和奋勇抗争，就会被那种惊天地、泣鬼神的伟大品格所感动，就会明白中国共产党为什么能够率领亿万人民群众打垮帝国主义和国民党反动派。原来，这一切都源自于中国共产党人坚定的政治信仰和为苦难中国人民求解放、谋幸福的大无畏精神。倘不如此，他们又有什么必要去抛头颅洒热血，或者成为国民党反动派的阶下囚呢？

那些乌云翻滚、晦暗阴霾的日子过去了，烈士的鲜血浇出了祖国遍地娇艳的花朵，但共产党从来就没有忘却历史和革命先烈。息烽监狱，由于其特殊的教育意义，1988

年被国务院列为全国重点文物保护单位，1997年又相继被贵州省、贵阳市列为省、市爱国主义教育基地。这一年的7月18日，当时的李鹏总理怀着对革命先烈的缅怀之情参观了这里，并写下了"息烽英烈激励人民勇往直前"的题词。

苍天有情，就在我们参观要结束时，天空突然飘来了细雨。雨点落到地上时，声音沉重而强烈，是对革命先烈的追思和祭悼？是对今日改革开放步伐的伴奏和共鸣？望着眼前那座名为"抗争"的烈士群雕，我湿润的心灵原野上默默地飞出了一行字：

再见了，阳郎坝，但我永远不会忘记你！

后　　记

　　这部集子中所收的人物专访和纪实，时间跨度大约有20年，是我记者编辑生涯中点点滴滴的积累。当然，20年来所写的文章远不止这些，但是，本书中的文章却是我从近百万字的新闻作品中精心挑选的，是非成败，任人评说。

　　人物写作一向是我的爱好，这大概源于父母对我的教诲。小时候，母亲最常给我讲的故事是哪吒闹海、二郎劈山救母等神话传说中的英雄。也许，她老人家并非刻意为之，只不过当作茶余饭后对儿子的一点启蒙，不料，在儿子心灵的原野上，那种英雄崇拜情节却如野草一样疯长起来。

　　1963年我上了小学，那是库布其沙漠一个极其荒凉的所在，人烟稀少，交通极为不便。所幸的是，由于一场又一场政治运动，学校里分配来许多有才华、有知识、热爱教育事业，却在政治上被歧视的老师。但是，为了生计，也为了"赎罪"，他们把自己的才华毫无保留地献给了孩子们。于是，从他们那里，我知道了保尔·柯察金；知道了卓娅、舒拉；知道了雷锋、邱少云、黄继光、董存瑞等一大批有血有肉、活灵活现的英雄人物。事情虽然过去了40

多年，但我必须坦承，作为人，我的精神境界是在那时候搭起了框架，并对我以后的人生道路发生了重大影响。

1978年，我上了大学，开始逐渐自觉地考虑人的意义、价值、权利、发展等许多说不清道不明的问题，并阅读了东西方许多思想名著，试图在中国求解，但努力之后更加困惑，不过，却真正培养了我对人物的兴趣。1991年，我的第一部专著《世界精英的分析履历》在海潮出版社出版，其目的是以分解的方式探索人物的内心世界，比如从智力因素、非智力因素等等，得到的社会评价还不错，本来应当继续下去，但遗憾的是由于种种原因未能坚持。

之后，由于职业的原因，我把关注点放在了现实人物上，写出了一批人物专访和纪实，被全国各地许多报刊采用发表，有的，经常被读者提起，有的，至今被写家引用，甚至整段整段地抄用。于是，有熟悉的朋友建议我应该汇集出版，但是，面对一个权欲、物欲横流的社会，一介书生又能何用？文化又能如何？

2008年春天，由于工作变动，我通过竞争上岗到内蒙古党史研究室当了一名处长。一次，同我的直接领导张宇主任闲聊时，他建议汇集出版，因为其中许多是党史人物，比如邓小平、王若飞、乌兰夫、布赫、曾志、周惠、陈永贵、宝日勒岱等，当时采写时是新闻，现在已变成比较珍贵的党史资料了。这样，我开始整理文稿，又做了大量的案头工作，使本书得以出版。为此，我特别感谢的是张宇主任，他既是学术型领导，也是一位甘当铺路石、热心助人的好兄长；学兄云峰由于担任中央民族大学出版社社长，为本书的顺利出版付出了许多心血；编辑杨爱新老师提出过许多珍贵的意见。最后，要感谢的是我妻子王学静和女儿储昱，她们为本书也付出了许多劳动。特别是女儿，帮我录完这部文稿后，就整理行装到白俄罗斯国立大学留学去了，愿她平安吉祥，早日成才。

储建中

2008年深秋黄叶未落时